Pour Saloune,
ma très jolie femme...

Christophe Renault

Le souffre-bonheur

petit à petit

I

C'était nouveau, ça... Depuis quelques années, l'élève de troisième devait faire un stage. Tristan Rosette, notre bon prof principal, nous l'avait dit : nous irions trois jours observer et assister les professionnels de notre choix. J'avais demandé :

– Ça sert à quoi ?

On avait froncé les sourcils et durci le ton :

– À ton avis ? À découvrir le monde actif, évidemment. À prendre la température de l'entreprise...

À prendre la température ? J'irais donc en gynécologie. L'endroit me paraissait spécialement adapté à ma mission... Rosette ne

l'entendait pas de cette oreille. Et pour cause... Ce sinistre individu ne voyait que par la tête : la remplir était son unique obsession. Et chacun de mes sourires avait droit à son plus mauvais œil...
L'ultime jour était arrivé : tous les élèves de troisième B devaient rendre leur convention de stage dûment signée par leur futur employeur... Puisque je n'avais pas la mienne, j'étais invité à revenir dans la salle 13.
– Quand ?
– Au sortir du déjeuner.
– Ah là, je ne vais pas pouvoir, parce que j'ai répétition avec les Chatounettes et...
L'homme, emmanché d'un long cou, pivota sur mon cas :
– Les ?
– Les Chatounettes. C'est le groupe de rock qu'on a monté avec...
– Ta musique attendra !
Je compris qu'il était inutile d'insister. L'heure était grave : mon avenir était en jeu. J'allais passer trois jours dans l'univers merveilleux du travail : la carrière des Chatounettes attendrait... J'avais mangé. Et digéré... Il n'y avait plus à

reculer, mais à frapper à la porte du royaume de la connaissance. Mon index se plia et cogna : ô grand maître de l'histoire-géographie, puis-je paraître, s'il vous plaît ?
Une grosse voix me donna sa réponse. Sa sécheresse m'ordonna de presser le pas...
J'entrai et lançai gaiement :
– Bonjour...
On m'asséna :
– On s'est déjà vus ce matin... Assieds-toi.
Rosette avait laissé sur son bureau les restes de son repas. Pique-nique frugal à base de salades et d'eau plate ! L'homme se plaisait décidément à singer la tortue : en avoir le cou ne lui suffisait pas, il voulait encore en avoir l'estomac.
Rosette, magnifiquement orné de son fameux collier de barbe ciselé, plongea son regard sombre dans le mien :
– Alors ?
– Alors, quoi ?
– Ta convention ? Tout le monde me l'a rendue, sauf toi...
– J'en ai pas...
– Et pourquoi ?

– Parce que vous m'avez interdit de...
– Je ne t'ai pas interdit : je t'ai déconseillé. Ton choix n'était rien d'autre qu'une provocation : je ne pouvais raisonnablement pas le cautionner.
– Mais non ! Je vous jure que...
Il me coupa :
– J'ai quand même bien voulu faire un geste.
– Un geste ?
– Puisque le milieu médical semble t'intéresser, j'ai pris l'initiative de me substituer à toi et de me mettre en quête...
– De vous mettre en quatre ?
– En quête ! Je t'ai trouvé un patron ! Un patron à blouse blanche… Mais dont les compétences s'appliquent en des endroits autrement plus élevés que ceux dans lesquels tu as d'abord voulu te précipiter…
– Il est dentiste ?
– Non, cardiologue... Précisément chef du service de cardiologie de l'hôpital de Douarnenez.
– C'est un ami à vous ?
Rosette sembla ignorer ma question. Il précisa :
– Il s'appelle Hervé Grunchec et t'attend dès neuf heures.

– Quand ?
– Comment, quand ? Ce lundi ! Je te rappelle que vous êtes tous en stage à compter de ce lundi...
On me tendit un papier :
– Tâche d’être à l’heure ! Voilà la feuille sur laquelle tu verras ton planning...
– C’est bien payé ?
Un index me sembla sortir d’un regard noir et brûlant pour m’indiquer la porte...

II

Il fallait voir le bon côté du stage : c'était trois jours d'école en moins... Le collège cassait ses barreaux et cette libération temporaire me donnait des enclumes ; j'étais enfoncé sous ma couette et mes rêves seuls avaient des ailes. Une sonnerie vint les faucher en plein vol... Mon portable carillonnait !
L'attentat était signé ! J'en connaissais le cerveau. Même qu'il avait la plus jolie des frimousses. Anaïs – la chanteuse des Chatounettes – avait encore frappé... Et tout prémédité ! Je revoyais son sourire :
– Promets-moi une chose... Laisse ton portable allumé !

– Pourquoi ?
– Promets !...
Comment aurais-je pu résister ?
Cette fille avait la clé de toutes mes serrures ! Et deux passe-partout sous ses paupières… Je ne pouvais rien lui refuser ! Rien ! Alors j'étais piégé ! Victime volontaire de sa beauté… Et de sa ponctualité ! Mon portable était formel : il était précisément l'heure de me lever. Un SMS revendiquait l'alarme : *Debout, mon petit amour. Le cœur des hommes a besoin de toi. Mais un conseil : t'approche même pas de celui des filles. Je t'aime. 'Naïs.*
Désormais, on frappait ! Côté réveil, il y avait complot... Ma mère avait rejoint les rangs de ma charmante chanteuse pour m'éjecter du trône ! Gros coup d'éclat ! Les femmes de ma vie s'entendaient pour me rappeler à mon devoir : l'hôpital m'attendait. La cause supportait tous les excès : on allait même jusqu'à attenter aux draps de l'homme ! Je devais en sortir... Si ce n'était de mon plein gré, ce serait par la force : je préférai quitter le matelas...

À neuf heures, j'étais sur mon lieu de travail. Déco jaune et plantes vertes... Je passai par l'accueil, me présentai et entendis la consigne : je devais monter au troisième étage. Un ascenseur obéit à l'ordre... Je parus dans les couloirs et croisai un grand brun. Ses yeux bleus piquèrent aussitôt les miens. Ce jeune con me considéra avec la curiosité que réserve au taureau le public d'une arène. Sauf que, vu mes mensurations, j'avais droit au mépris qu'on accorde à un veau...
– Tu cherches quelqu'un ?
– Oui. M. Grunchec...
– Hervé Grunchec ?
– Je crois...
– C'est mon père...
Je lançai dans un sourire :
– Bah c'est bien... Il faut continuer...
Ce grand couillon m'interrogea des sourcils : pourquoi lui disais-je ça ? Parce qu'il puait le bonheur, tout simplement, le bonheur, le manoir et le jardinier. Il y avait forcément de la villa dans ses étés et du chalet dans ses hivers. Son regard et son sourire en remuaient les trousseaux de clés...

On m'asséna :
– Suis-moi...
On se retrouva devant la porte du grand chef.
On frappa et informa :
– C'est pour toi...
Le jeune homme avait rendu service. Il eut droit à un remerciement. Il n'était pas peu fier. Aussi prit-il congé le plus poliment du monde :
– Bonne journée...
J'étais sûr de basculer dans l'univers du nœud papillon, de la bouche pincée et du double menton : je serrai la pogne d'un tee-shirt à ventre plat et mal rasé. Hervé Grunchec en chair et en jean ! Il m'indiqua un fauteuil :
– Pose-toi...
Il s'assit face à moi et me sourit :
– Alors, comme ça, monsieur veut faire gynécologue ?...
– C'est Rosette qui vous a dit ça ?
– C'est malin, remarque ! Vu ta taille, tu seras exactement à la hauteur de ton sujet...
Quel petit con ! Je n'en revenais pas : comment lui, un grand ponte, bardé de diplômes et patron d'un des services les plus

honorables de l'hôpital, pouvait me faire la blague classique du collégien ?... Je préférai ricaner :
– Au début, je voulais être oto-rhino...
– Ah oui ?
– Oui, mais je me suis dit que ça allait être compliqué…
– Pourquoi ?
– Parce qu'il faudrait équiper mon cabinet d'un télésiège...
– D'un télésiège ?
– Bah oui ! Si je voulais avoir une chance d'apercevoir une angine, il valait mieux que j'investisse dans la remontée mécanique...
Grunchec avait un regard intensément bleu. Il le fixa sur moi et éclata de rire. Il me demanda :
– Alors ? Qu'est-ce que tu veux faire ?
– Quand ?
– Pendant ces trois jours...
– Je sais pas...
– Le bloc, ça te dit ?
– Le bloc ?
– Opératoire... Ça te plairait d'être aux premières loges de l'atelier triperie… ?

– Ah non, merci, non... Déjà que j'ai la gerbe quand je croise un nez qui coule...
– Et tu veux faire gynécologue ?
Avais-je bien entendu ? L'homme avait sans doute dépassé les quarante ans, mais son humour n'avait pas mué. Sa rigolade avait de l'acné et, comme la mienne avait le même âge, mon sourire en salua la grossièreté. Grunchec, complice et joyeux, reprit :
– Et le ménage ?
– Quoi, le ménage ?
– Tu veux que je t'ajoute à l'équipe qui fait les lits ?
– Je fais déjà pas le mien...
– Oui, en fait, tu ne veux rien foutre, quoi !...
Je pris ma mine la plus angélique :
– Ah bah non ! Je vais quand même pas prendre votre place...
Mon boss était ravi : mon toupet l'enchantait ! Il fit semblant de s'énerver :
– Quel corniaud, celui-là ! Tu vas voir, tiens... Je sais ce que tu vas faire : surveillant de plateau !
– Surveillant de quoi ?
– De plateau... Pour les petits QI, c'est la

place rêvée : il n'y a rien à faire, il n'y a qu'à regarder...

– Regarder quoi ?

– Un squelette…

– Un sque... ?

– Viens ! Je vais te présenter...

III

Chambre 314. À peine avait-on frappé qu'on entrait déjà. Le boss, même chez ses patients, était chez lui, alors il paraissait tranquille et enthousiaste. J'étais dans ses pas. Et dans mes petits souliers… Sur quel cadavre allais-je tomber ? La froideur des murs, l'odeur de la pièce, tout me serrait la glotte. Le chocolat du matin eut un retour d'arôme : j'avais la bouche en sucre et l'estomac en feu.
Hervé lança :
– Salut, Lola...
Était-ce d'aimer le prénom ? Je me jetai à l'os et considérai le squelette... Je frémis aussitôt. Seul un visage sortait des draps. Les yeux

étaient moelleux : deux bijoux de caramel... L'écrin était sans doute creusé, mais l'ensemble était troublant : cette fille avait un charme aussi insolite qu'insolent. Sa frimousse mélangeait l'arrogance à la douceur. Il y avait du velours sous le gravier...

Hervé demanda :

– Bien dormi ?

Un vague hochement de tête répondit.

– Tu as mangé ce matin ?

La créature cligna des yeux. Ses cils avaient la longueur et l'élégance de la moustache d'un chat. J'étais fasciné ! Sous ce même choc qu'on ressent à découvrir la plus frissonnante des chansons. Cette fille était du rock, éraillé et tout chaud à la fois : une ballade de Murray Head... Mais une ballade allégée de plusieurs notes et étouffée dans les enceintes : la beauté, sous ses draps, n'était que chuchotée... Lola pouvait manquer clairement de volume, je m'en prenais plein les oreilles.

Hervé me désigna :

– Je te présente Zadig, Zadig Dullac, élève de troisième et stagiaire dans nos murs...

La vache ! J'étais incapable de dégoiser un mot. Lola me bouleversait. Elle n'était qu'un murmure et j'étais au concert... Hervé ricana :
– Eh bien, dis bonjour, toi... Ne fais pas ton timide ! Tu ne la connais pas encore, mais tu peux me faire confiance que Lola ne va pas te bouffer !
Je réussis à dire :
– Salut...
– Alors, voilà. Comme ce jeune homme a décidé d'en faire le moins possible, j'ai décidé, moi, d'en faire ton compagnon...
Je m'affolai :
– Ton quoi ?
Hervé préféra m'ignorer :
– Pendant trois jours, il est ton homme : c'est lui qui va te faire la conversation et encadrer tes digestions...
– Ça veut dire quoi, ça, « encadrer » ?
– Ça veut dire que si cette demoiselle a dans l'idée de se faire vomir, tu te jettes sur elle, tu lui fais une clé de nuque avec un ciseau de jambes, tu la bloques au sol, tu lui neutralises les doigts et tu appelles des secours... Tu as des notions de judo ?

Je gigotai nerveusement la tête. Hervé fit semblant de s'étonner :

– Non ? Eh bien, au besoin, tu la mords...

Ce salopard avait le pouvoir. Il le savait. Et, loin de considérer la panique de mon regard, il préféra me tourner le dos en lançant :

– Bonne journée, les petits jeunes...

IV

J'allais craquer... Je reprenais pour la troisième fois ma question :
– Ça fait longtemps que tu es là ?
Un nouveau silence me répondit. Le squelette restait muet. Ses yeux marron glacé m'avaient d'abord dévisagé ; désormais, ils voyageaient dans le vide en multipliant les escales. Je retentai ma chance :
– Tu es en long séjour ?
Le mépris continua à ne m'accorder aucun signe de voix.
Je me crispais. Doucement, ma patience et mes nerfs bandaient mes jambes. Je le sentais : je n'allais pas tarder à foutre le camp...

Heureusement, j'avais trouvé un thème ; je n'avais plus qu'à broder dessus :
– Tu penses sortir quand ?... Ça doit être long, non ?... Je veux dire, le lit, à force, ça doit fatiguer ?... Mais tu peux marcher, ou tu dois toujours rester couchée ?...
Je m'énervai :
– Tu as des pieds ou sous les draps on a mis des tuyaux pour faire des jambes ? Ah oui ! Ok. En fait, c'est des leurres pour pas faire fuir les visiteurs… C'est ça ? Tu m'étonnes que c'est important de soigner le contenu… Bah oui ! Si tu vois le drap du dessus qui colle directement au drap du dessous, forcément que tu te fais un film : tu imagines tout de suite le pire… La balade qui tourne mal : une gare, du brouillard, une nuit de pleine lune, un pied qui ripe, le quai qui t'échappe et le TGV qui fait crisser les pneus…
– Qui est-ce qui t'envoie ?
Je fis mon taquin :
– Tu as entendu ? On a parlé, non ? C'est normal ou il faut que je sonne l'alarme ?
Une voix rauque et molle me gifla :
– Tu es fils de clown ?

Holà ! La demoiselle avait la claque facile. Le tempérament devait être inversement proportionnel à la silhouette : j'optai pour le profil bas... Je souris :

– Je suis en troisième. Il fallait que je fasse un stage, alors...

– Alors tu as cherché un gros cas médical ?

– Voilà. Gros. Très gros. Mais je pensais pas que je serais à ce point-là satisfait…

Les yeux de Lola firent l'effort de se lever sur moi. Je crus y voir un début de sourire. J'enchaînai :

– Et toi ?

– Quoi, moi ?

– Tu t'appelles Lola, mais sinon ?

– Sinon, rien...

– Tu as quel âge ?

– 16 ans...

– Tu es au lycée ?

Lola se tourna pour me montrer son dos. J'entendis :

– Passe le bac...

Je m'inquiétai :

– Tu veux faire pipi ?

On revint vers moi et s'énerva :

– Je passe le bac !
– Ah ? Tu es en terminale ?
– J'étais !
– Et tu penses y retourner quand ?
– Quand on voudra bien me laisser sortir...
La porte de la chambre s'ouvrit. Une infirmière annonça :
– C'est l'heure du jus d'orange...
Lola poussa un coin de lèvres dans une joue. Elle en avait assez... Je ne la connaissais pas, mais je comprenais tout. Le coup de la collation, on lui avait trop fait ! La coupe était pleine et, pire que déborder, elle menaçait de vomir. Le plateau était formel : il fallait qu'elle s'avale trois biscuits et un verre. Lola n'en pouvait plus. Elle était lycéenne et c'était leur poussin. On lui donnait encore la becquée. Pire ! Ils avaient décidé de la gaver comme une oie… Alors, merde ! Il fallait leur voler dans les plumes. Je commençai par leur coude... Je voulus aider la blouse blanche, m'empressai à ses côtés, butai malencontreusement dans le pied du lit et piquai une tête dans ses bras :
– Oh ! Pardon...
Le plateau s'envola. J'étais désolé : je ne

l'avais pas fait exprès... Ah non, vraiment ! Mon corps avait dépassé ma pensée et avait agi comme un pied... Comment pouvais-je m'excuser ? Et réparer ? Après tout, ce n'était pas de ma faute si la nature m'avait fait si peu grandir que j'étais prédisposé à finir les cheveux dans les verres...

L'infirmière me montra un œil terrible. Sans doute n'était-elle pas dupe… Et Lola, esquissant enfin un sourire, trahissait – cette andouille – un début de complicité... C'était la meilleure façon de me dénoncer. On sortait et on allait parler. C'était sûr... Si c'était pour nuire au travail des professionnelles, mon stage allait vite se terminer. Hervé Grunchec serait prévenu. Et ce, dans les meilleurs délais...

Sitôt que la blouse rêche eut disparu, je vis les yeux de Lola. Ils se tournèrent vers moi. Un putain de lever de regard !... Sous ses longs cils, il y avait l'aube et sous les miens mieux qu'un soleil…

Lola avait des lèvres charnues. Avec la couleur de la cerise et le confort du canapé. Du gros et moelleux canapé ! Large et convertible à souhait. On ouvrait et la langue se dépliait : il n'y avait plus qu'à se border dans la salive... Lola sourit. Il y avait la promesse d'un « merci »... Mon doigt dans l'œil, oui ! Cette grognasse, m'ayant ausculté de la tête aux pieds, pesé et, surtout, mesuré, osa me demander :

– C'est vrai que tu es en troisième ?

V

J'étais convoqué. La blouse blanche était ravie de me l'annoncer : il fallait qu'à 11 h 30 je sois, toute affaire cessante, dans le bureau de M. Grunchec. Mes yeux seuls répondirent : eh bien, j'y serais… Pourquoi aurais-je eu peur ? J'étais immunisé contre le venin ! Mes bons maîtres en avaient toujours été remplis et, grâce à moi, s'en étaient toujours passablement soulagés…
À peine étais-je assis face au boss que celui-ci prit un ton ampoulé et un regard supérieur :
– Alors, écoute…
C'était parti…

– Je crois qu'il est important d'être clair dès le début...
Bien sûr...
– Oui ou non, veux-tu boire une bière avec moi ?
D'abord surpris, bientôt hilare, je trouvai la contenance d'être déçu :
– T'as pas plus fort ?
On me gronda :
– Fais ton malin, toi, vas-y, tu as raison... Tu as un dossier comme ça aux fesses, mais vas-y, fais ta risette...
Hervé avait son réfrigérateur. Il l'ouvrit et y trouva de quoi nous rafraîchir... Lui nous servit, moi, je m'informai :
– Quel dossier ?
Hervé me tendit un verre et cogna le sien contre le mien :
– Santé...
Il se dépêcha de boire et poussa un râle de contentement. Il avait l'air fatigué. Son sourire portait encore ses gants, son masque et ses bistouris. Sans doute sortait-il d'opération : son humour avait besoin de compresses... Il s'assit sur un coin de bureau et me regarda :

– J'ai appelé le père de Lola…
Je me tendis :
– Pourquoi ?
– Pour lui dire mes intentions.
– Tes intentions ? Quelles intentions ? Je suis viré ?
– Non, tu es promu...
– Quoi ?
– Tu passes chef !
– Du service ?
– De la chambre 314. Côté soins, ça reste le royaume des infirmiers ; côté bouffe, ça devient le tien...
– Ça veut dire quoi ?
– Que c'est toi désormais qui vas préparer le plateau de Lola, le lui servir et l'obliger à le vider...
– Et le père est d'accord ?
– Il me laisse carte blanche...
– Il est fou ?
– Il a confiance...
– C'est bien ce que je dis : il est complètement fou...
– Pourquoi ?
– Mais parce que je ne supporte pas qu'on

m'oblige, alors je vois pas pourquoi j'irais, moi, obliger quelqu'un...
– Peut-être parce que ça pourrait lui sauver la vie...
Hervé Grunchec avait un rictus qui valait un filet. Monsieur piégeait… Pire : braconnait. La cible était le pigeon. Et j'avais bien compris que, depuis quelques secondes, on me tenait par les ailes...
On resserra la prise :
– Je ne sais pas si tu as remarqué, mais Lola est anorexique...
– Anorexique ?...
– Bah oui ! Tu as bien vu qu'elle n'était pas obèse ! Du coup, elle a de sérieux problèmes... Alors si tu commences à lui renverser ses plateaux, tu vas finir par lui rajouter le couvercle qui manquait jusqu'alors à sa tombe...
Je fermai sciemment la bouche. Je savais qu'on me cherchait… Mais on ne me trouverait pas ! Même si l'appât me troublait, j'emmerdais le braconnier. Alors il enchaîna :
– Je t'explique : c'est un drôle de cadavre, la fille Lola. Tu t'y connais en chiffres ?
– Non !

– Bah je t'en donnerai quand même : la petite mère pèse 41 kilos pour 1 mètre 64. Reconnais que ça fait haut par rapport à ce que c'est large. Du coup, le cœur, il tire la tronche : il pompe, mais il ne reçoit rien. Il donne, mais contre aucun salaire...
– Chez les élèves, on appelle ça un stage d'observation...
Hervé marqua un rapide temps d'arrêt. Comme une virgule de sourire... Mais le grand ponte n'entendait pas se laisser distraire. Alors point ! Il précisa :
– Eh bien, chez les organes, on appelle ça une catastrophe. De celles qui provoquent des sérieuses perturbations ! Voire, parfois, des arrêts...
Je me troublai :
– Des arrêts ?
– Oui, des arrêts. Et ce n'est pas parce qu'on en a rattrapé deux qu'on est à l'abri d'un définitif... En attendant, il y a tout qui souffre : les cheveux qui tombent, les dents qui se déchaussent et le ventre qui se dérègle...
– Qui se dérègle ?
– Bah oui, qui se dérègle... Ne me fais pas

mettre de points là où il n'y a pas de i ! Il n'est pas rare qu'une ancienne anorexique devienne une femme stérile...
– Au moins, c'est la preuve qu'elle a survécu...
Hervé se tut. Il plongea ses yeux bleus dans les miens. Il réfléchit. Le silence, soudain, m'embarrassa. Il me dit :
– Alors, c'est vrai ?
– Quoi ?
– Que tu es un sale petit con ?...
Sans l'avouer à voix haute, je m'engueulai en secret : j'avais pas spécialement été malin...
Je baissai les yeux. Je cogitai aussi vite que je pouvais. Je bus une gorgée de bière et lançai :
– Bon... C'est d'accord...
– Tu reconnais que tu es un petit con ?
– Non, pour Lola...
– Quoi ?
– Eh bien, je suis d'accord...
– Alors, file !
Je n'aimais pas ce ton. Ma bourde ne valait pas ce mépris... Je pris tout mon temps pour sourire :
– Bah attends ! J'ai pas fini ma...

– File, je te dis ! Tu poses ton verre et tu files ! Le déjeuner se sert à heure fixe.
– Et alors ?
Hervé regarda sa montre :
– Et alors, tu as cinq minutes pour préparer un plateau...

VI

On m'expliqua : Lola était suivie par une diététicienne ; ensemble, elles élaboraient des menus. Les repas étaient fixés sur papier. Je devenais responsable de cette feuille et devais la ranger toujours à la même place : je n'aurais qu'à la lire et à la matérialiser sur mon plateau. Il y aurait forcément une entrée, un plat avec viande, légumes et féculents, un produit laitier, un dessert fait d'un gâteau, d'un fruit ou d'une compote. C'était clair ?
– Très ! On peut saler ?
– C'est sans problème...
– Poivrer ?
– Comme tu voudras...

– Ajouter mayonnaise, ketchup, chantilly ?
On soupira :
– À ta guise, mon bonhomme...
– Allumer un pétard au café ?
On me jeta un œil de cocker, si large et si flasque qu'on aurait dit les oreilles du même chien. On était consterné…
Je pus bientôt m'empresser autour des plats. Chacun était à mettre sous cloche. C'était parti…
Un infirmier – un comique ! – me croisa dans le couloir pour me lancer :
– Oh ! Un plateau volant...
Connard... Évidemment qu'avec mon mètre quarante j'avais tendance à disparaître sous ma charge ! C'était la cerise qui portait son gâteau... Mais j'avançais, fier, impatient de retrouver mon squelette et attentif à ne rien renverser.
Je frappai, furtivement, et n'attendis aucune réponse : j'étais le patron, maintenant... Lola était sous ses draps, endormie sans doute et recouverte entièrement. Je lançai timidement :
– Salut...
Rien ne bruissait : ça roupillait en profondeur...

Je posai le plateau sur la table appropriée : il n'y aurait bientôt plus qu'à la rouler à portée de bouche. Je m'approchai du matelas et le secouai gentiment. On ne bougeait pas. Je marmonnai :
– Lola... Lola...
Le squelette faisait le mort. J'insistai :
– C'est l'heure de manger... Allez, hop hop hop, on se réveille...
Je pris un bout de drap et le retirai délicatement. Une tête remua vaguement vers moi. Deux yeux jaunes me fixèrent. Je sursautai. Pire ! Je criai... Quel con ! Je m'étais gouré de chambre ! La belle au bois dormant était un lynx... Un vrai lynx ! Taillé pour affronter la jungle ! Que faisait-il au lit ? Il décorait... La raison me revint. Je respirai : pour être en peluche, le fauve serait inoffensif.
La porte de la salle de bains s'ouvrit dans mon dos. Un fantôme en sortit... Je fus vraiment saisi : le visage que j'avais rencontré dans un lit avait un corps. Lola était debout et ce n'était plus la même : elle traînait sa dépouille dans une nuisette sans forme... J'avais compris que le beau papillon en avait un sérieux coup dans

l'aile. Mais on pouvait rêver : c'était encore une libellule... En fait, c'était un phasme ! Un simple trait avec des cheveux...
Lola perçut mon trouble :
– Ça fait peur, hein ?
Je frémis et bredouillai bêtement :
– Non. C'est juste que... Je ne sais pas... C'est peut-être ta nuisette qui...
– Je te parle du cadeau...
– Le cadeau ?
– Cette peluche...
Oups ! Je me bricolai rapidement une superbe :
– Ah ! Ta... ? Belle bête, hein !...
– Je te la donne !
– Comment ça ?
– Vire-la d'ici ! Je veux pas la voir !
– Pourquoi ?
– Je sais très bien qui l'a amenée...
– Qui ?
– Un con...
– C'est son nom ?
– Non, son nom, c'est Grunchec !
– Comme le grand chef ?
– Matthieu Grunchec... C'est le fils !
– Tu le connais ?

– Je suis dans sa classe...
Je me concentrai sur ses yeux. Lola était magnifique ! Il ne fallait pas que je considère les alentours... Il y avait deux pépites au milieu des ossements ! Je me ruai sur l'or et demandai :
– C'est ton mec ?
Un silence cinglant répliqua à ma provocation ! Il y avait un message. Je le reçus et réagis : sourire mielleux et paupière basse... Considérant négligemment la peluche, je fis bientôt remarquer :
– Tu as vu ? Il y a une enveloppe...
– Jette-la !
Je m'approchai et lus :
– C'est marqué « De la part de la terminale S3 »...
– Je m'en fous ! Jette-la, je te dis !
Je détachai l'enveloppe et insistai :
– Tu veux pas que je te lise... ?
Lola bondit vers moi, m'arracha le papier des mains, le froissa et le cracha par terre :
– Maintenant, débarrasse-moi de cette peluche...
Intrigué par cette rage soudaine, je titillai la belle :

– Tu sais dire « s'il te plaît » ?
Lola pinça légèrement ses lèvres, lança son dos à ma figure et retourna dans la salle de bains. Un bruit m'indiqua clairement qu'elle s'était enfermée.
Je ramassai l'enveloppe, la décachetai et découvris une lettre. Je la dépliai sans hésiter et lus : un mélange d'encres et d'écritures avait couvert la feuille. Il y en avait dans tous les sens... Comme une grosse flaque d'encouragements ! La plus belle tache était signée d'un prof. Le principal ! Il expliquait qu'il avait présenté à mots couverts la situation de Lola. Tout le monde avait été très touché et Matthieu Grunchec, lui, avait voulu prendre les choses en main : il fallait faire un cadeau. Il connaissait ses goûts. Une peluche… C'était parfait ! Parce que c'est doux et que la vie doit l'être… Il souhaitait à Lola le plus rapide des rétablissements. Et, surtout, qu'elle soit tranquille ! Rien n'était perdu ! Elle pourrait encore avoir son bac…
Je m'approchai vaguement de la salle de bains. Je murmurai à voix basse chacune des signatures et montai doucement le volume : *Reviens-*

nous vite, Audrey... Pense à toi, rien qu'à toi, fais-toi chaud, Bérengère... La classe a besoin de toi, Robin...

On cria :

– Je ne veux pas entendre...

Je continuai :

– *On t'aime ! Emma... Croque la vie ! Edouard... Courage ! Clémence... Si tu veux, je pourrai t'aider pour les révisions, je t'embrasse, Matthieu...*

– Arrête !

Je faisais la sourde oreille et persévérais, appréciant les différents mots suivant leur mièvrerie et laissant de longs silences entre chacun :

– *On t'a toujours trouvée très belle, Cédric... On va t'aider et la vie sera chaude, Hélène... Ça va être froid, Zadig...*

Une petite voix sortit de sa cachette :

– Quoi ?

Je criai, triomphant :

– C'était pour voir si tu m'écoutais...

On grogna :

– Tu m'emmerdes !

Je repris :

– Tu nous manques, Victorien... Je pense beaucoup à toi, Tiphanie... Ceci dit, c'est vrai que ça va être froid. Alors, maintenant tu sors et tu écoutes Zadig ! C'est ton nouveau res-ponsable de plateaux ! Hervé Grunchec...
Un léger cliquetis se fit entendre. Lola poussa péniblement la porte et me fusilla des yeux :
– C'est quoi, ces conneries ?
Je rangeai la lettre dans ma poche et souris le plus tendrement possible :
– Je vais t'expliquer…

VII

J'étais surpris : Lola, sans manger de bon cœur, ne repoussait pas son assiette. Elle la vidait, doucement, sans me quitter du regard, avec l'application molle des élèves qu'on dit scolaires. On lui avait tellement fait la leçon qu'elle connaissait son devoir : il fallait qu'elle se nourrisse sérieusement. Lola venait précisément de me l'expliquer : elle ne quitterait cet hôpital que lorsqu'elle aurait repris au moins cinq kilos. Alors elle se livrait à l'exercice : bouchée par bouchée, elle sortait pas à pas de sa prison...
Soudain, elle me lança :
– Je suis sûre qu'ils ont fait ça pour m'humilier...

– Ça, quoi ?
– Te mettre, toi, à la place de l'infirmière...
– Moi ?
– Oui...
Quelques larmes mouillèrent ses yeux. C'était incroyable ! Lola avait un départ de chagrin. Il avait suffi de quelques mots, tout simples, souillés d'une mauvaise impression, et le cœur débordait... J'étais gêné :
– Parce que, moi, je t'humilie ?...
– Non, mais...
Lola ne parvint à rien ajouter : elle jeta sa fourchette et repoussa l'assiette. Ses yeux se précipitèrent vers le vide. Je m'inquiétai :
– Tu ne finis pas ?
– C'est dégueulasse...
– C'est du poulet. C'est bon, le poulet...
– Pas quand il est industriel. C'est fade. Je suis sûre que le plastique, à côté, ça doit paraître relevé...
– Parce que mademoiselle a ses petits goûts : ça fout son estomac en pleins courants d'air, mais ça s'inquiète pour son palais…
Un œil noir me gifla. Lola avait son amour-propre en plaie ouverte. Je n'avais pas à y

mettre mon grain de sel : ça mettait sa tête en feu...
Je saisis sa fourchette et m'accordai un bout de poulet. Je mâchai et soupirai d'aise. La franchise me poussa vite à la nuance :
– Bon. C'est sûr que c'est un peu sec... Mais c'est mangeable. C'est très mangeable ! Et puis, surtout, une fois que c'est mangé, tu peux te dire que le pire est passé. Alors, du coup, ça se fête : tu t'accordes une nouvelle petite bouchée...
Je croquai une nouvelle fois. Lola ne cillait pas. Le squelette avait remis ses mots dans sa tombe. Je m'agitai :
– Et comme à vomir, ça doit être encore moins bon qu'à manger, tu finis la corvée en dégueulant à...
Je me repris, haussant le ton, faisant mon clown en ajoutant des gestes à défaut du nez rouge :
– En déléguant ! Je veux dire en déléguant à l'œsophage... Bon... Si tu es croyante... Tu es croyante ?
Je n'eus aucune réponse. J'enchaînai :
– Non, parce que si tu es croyante, tu peux

toujours faire une prière en hommage à ton appareil digestif, allumer un cierge ou deux pour tes intestins et puis hop, tu bois un coup et tu attaques le dessert...

Comme j'avais fini par vider négligemment l'assiette, Lola saluait d'un œil complice la performance. Je pris le verre du plateau et le lui tendis :

– Tu bois un coup ?

Une main, garnie de cinq tentacules, s'avança vers la mienne. Je commentai :

– On t'a déjà dit que tu avais des jolis doigts...

– Tu te fous de moi ?

– Non, de tes doigts...

Lola me regarda. Longuement... Un début de sourire vint surprendre ses lèvres. Je triomphai secrètement et enchaînai :

– Ils sont magnifiques ! Vraiment ! Tellement longs qu'on dirait mes jambes...

Je précisai gentiment :

– Des doigts de pianiste...

Lola murmura :

– C'est ce que dit mon père...

– Et tu en joues ?

– Du piano ? Non...

– Et d'un autre instrument ?...
Sa tête remua vaguement une négation... Le silence allait triompher. Lola en eut peur. Elle trouva la force d'ajouter :
– Et toi ?
– Je suis guitariste...
Jamais l'œil de Lola n'avait été aussi brillant...
– C'est vrai ?
– Oui. Et je me démerde pas mal en tambourin...
Lola singea la groupie :
– Oh ?
– Je pourrais t'apprendre, si tu veux...
J'étais prêt à en dire plus :
– Je joue dans un groupe : on est quatre et le roi des cordes, c'est...
Lola, pressée de faire son effet, me coupa :
– Super ! J'ai toujours rêvé de jouer du tambourin...
Je fis une grimace exagérément boudeuse : mon orgueil de guitariste était sali. Profondément... Lola n'en revenait pas : elle avait osé faire une blague. C'était flagrant : encore toute secouée de son audace, la

pauvre changeait doucement de couleur. Son menton trahissait son effort : la moue des timides, gélatineuse et frémissante, y restait accrochée...

Je frissonnai ! Drôlement ! Un vrai coup de jus avec du poil en l'air !

Une voix nous fit sursauter :

– Tout se passe bien ?

Hervé Grunchec arrivait dans mon dos...

– Alors ?... Ça mange comment ici ?

Je me levai et fis mon plus beau sourire d'hypocrite :

– Très bien ! Comme tu peux voir, l'assiette est vide...

Hervé me considéra d'un air suspicieux :

– C'était bon ?

– Lola a adoré !

– Et le dessert ?...

– C'est en projet...

– Lola discute ?

– Mais c'est déjà tranché ! Je lui accorde une pause digestive, et, dans dix minutes, on attaque le plan compote...

Hervé s'approcha de Lola et prit négligemment son pouls. La troublante malade ne me quittait pas des yeux. Son regard avait mal à la tête ; le mien était son oreiller. Elle s'y calait profondément. Hervé eut un mouvement de lèvres. Il annonça :

-Ton cœur bat drôlement vite, toi, dis donc...

VIII

Treize heures. Les télés du couloir chantaient à tue-tête le début des infos. Deux infirmières arrivèrent dans la chambre. Lola devait subir quelques soins. J'avais donc obligation de sortir. Et vite… On me le signifia de la manière la plus ronchonne qui soit !
Les blouses blanches mesuraient leur pouvoir et voulaient l'exercer ! Mon sourire montra tout le respect que je leur devais. Un coin à gauche, un coin à droite. Et la raie des dents bien au milieu… Mes lèvres avaient leurs habitudes : des années d'école leur avaient donné tout loisir de les trouver…

Je pris à la fois mon aise et mon temps pour m'informer :
– Vous allez faire quoi ?
– Une pesée...
– Pourquoi ?
– Parce que c'est la règle...
– Quelle règle ?
On m'expliqua, dans un rapide soupir, qu'avant et après chaque repas, on posait la bête sur la balance et on relevait les chiffres.
Je fis mon intéressé :
– Et vous rentrez les résultats dans un carnet de notes ?
On leva le ton :
– Allez ! Maintenant, tu sors !
– Mais pourquoi ? Je ne vais pas être traumatisé si je vois Lola sur une...
– On t'a déjà dit que tu étais pénible ?
– Évidemment, je ne fréquente que des excités...
On s'offusqua :
– Des quoi ?
– Des excités ! Et quand je vous vois, j'ai vraiment l'impression que c'est mon destin...
– Sors !

– Dites-moi au moins pourquoi…
On se mit en colère :
– Mais parce qu'on va la déshabiller, petit crétin !
– Complètement ?
Un regard noir m'attrapa au col. Un autre me menaça d'un poing. Je pris mon air le plus innocent :
– Je peux sortir mon portable et faire une vidéo ?
Cette fois, c'était bon. J'étais allé aussi loin que l'impatience de mes deux dictatrices m'avait offert comme terrain de jeu... Je filai. Mes yeux s'accrochèrent à ceux de Lola. Son sourire était un trophée. Médaille d'or aux Jeux olympiques de l'emmerdeur ! Un rêve furtif vint surprendre mes pensées : où avait-on mis le podium que j'aille y chercher mon baiser ? Le couloir était vaguement animé de quelques murmures : télé, complaintes, conversations, ronflements, tout marinait à petit son. C'était le corridor des récréations : le malade n'avait que ce simple trait de linoléum pour échapper à ses murs. Plus je déambulais, plus je m'effrayais du décor : entre les peintures marines

et les panneaux de santé publique, tout n'était que convention et mièvrerie. Un Van Gogh vint surprendre ma promenade. Je reconnus facilement la reproduction de sa chambre à coucher. Un vrai massacre... Collé au mur, le poster avait perdu toutes ses couleurs. Sous la lumière fade, même la poussière aurait paru plus gaie. Comment pouvait-on lâcher un tel artiste au papier peint d'un tel endroit ? Il ne le méritait pas, surtout pas, pas plus que Lola, parce que Lola, elle était comme ça... J'en étais sûr ! Dès que je l'avais vue, j'avais compris : elle était brisée, Lola, brisée en plein éclat ! Maintenue à plat sous la pression des punaises. C'était une œuvre, Lola ! Un Van Gogh ! Une fille d'une autre planète ! Complètement inadaptée à la nôtre ! Seulement, elle ne pouvait quand même pas quitter cette Terre. Alors, au moins, elle refusait de rester à table...
J'avançais d'un pas mou quand, soudain, une langue de caméléon m'attrapa. Un bras sortit d'une pièce pour m'y faire rentrer comme une mouche. Je protestai :
– Hé !
J'ouvris de grands yeux : 'Naïs m'enfermait

dans les siens. 'Naïs... Celle qui avait fait de moi son souffre-douceur ! Toujours là pour me surprendre et me protéger ! Un cœur de mère battant dans un corps de rêve... Je me reculai :
– Qu'est-ce que tu fous là ?
Elle attrapa ma tête et vint presser ses lèvres contre les miennes. Elle m'expliqua :
– Je suis en pause. Alors je viens voir si tout se passe bien...
Je souris, muet, ravi et gêné à la fois, ébahi par la folie de cette frimousse aussi joliment culottée que son derrière. Je considérai l'endroit dans lequel sa fantaisie nous avait précipités : c'était une pièce de service où linge et divers accessoires s'entassaient.
'Naïs me posa des questions. J'y répondis vaguement. J'évoquai Lola. Lola comment ? Je ne savais pas... Elle m'embrassa encore. Je la serrai contre moi...
Soudain, la porte s'ouvrit : une silhouette se dépêcha d'entrer. 'Naïs m'attrapa la main pour me blottir dans un coin. J'écarquillai de grands yeux : incroyable ! Je voulus parler. 'Naïs m'en empêcha. C'était Lola, perdue dans sa nuisette, Lola, qui avançait en chuchotant des pieds. Il

ne fallait visiblement pas faire de bruit... Nous avait-elle vus ? Sans doute pas… Et même si le hasard nous avait vendus à ses yeux, elle nous aurait ignorés. Sa douleur seule existait. Le placard était son but ! Son seul et unique but ! Le reste appartenait au décor. Elle atteignit sa cible, ouvrit une porte, souleva une pile de vêtements et s'assura qu'aucun danger n'était dans son dos. Elle connaissait la cachette : elle lança une main et retira une balance. Elle la posa au sol, monta dessus et fronça les sourcils. Elle s'énerva...
J'en étais sûr : Lola avait vu un chiffre. Avec ça, elle n'était pas plus rassurée. Mais, au moins, elle l'avait vu ! Seule ! A l'abri des mensonges et des ordres ! Il était déjà l'heure de ranger l'objet interdit. Elle se dépêcha de le remettre à sa place. Elle referma la porte et s'appuya dessus. Comme je m'avançai, elle me vit. Elle jeta son regard dans le mien. Un regard dur. Et suppliant... Il fallait que je l'aide ! Je l'avais surprise... Et alors ? Elle s'en foutait. Ce n'était pas ça, le problème ! Sa douleur était de plus en plus grasse et débordait de sa vie. Comment pouvais-je l'ignorer ?

Elle était toute boudinée dans son spleen. Alors qu'est-ce que j'attendais, hein, qu'est-ce que j'attendais pour la sortir du trou, de ce trou où son poids, son monstrueux poids, l'avait précipitée ?...
'Naïs se montra. Lola s'inquiéta. Je présentai :
– C'est Anaïs. Une copine...
On rectifia avec autorité :
– Sa copine !
Je souris :
– Ma copine...
'Naïs voulut, selon son habitude, tout comprendre :
– C'est quoi, cette planque ?
Puisque Lola restait muette, elle se tourna vers moi :
– Tu étais au courant ?
– De quoi ?
– De cette balance... Dans le placard !
Comment aurais-je pu l'être ? Je ne connaissais Lola que depuis quelques heures : je mesurais à peine ses problèmes, ce n'était pas pour savoir ses secrets...
– Il va falloir que tu le dises...
– A qui ?

– Au chef de service !
‘Naïs comprit à mon regard qu’il n’en était pas question. Elle se durcit :
– C’est grave, Zad’...
– Mais non !
– Je te promets, Zad...
– Mais avec toi, tout est toujours grave...
‘Naïs recula d’un pas. Comment osais-je être aussi vexant ? Elle avait quitté son stage, mangé un sandwich en passant, couru comme une folle pour me serrer un simple instant contre elle et voilà que je la mouchais, plus que je ne l’avais jamais fait ! De quoi était-elle coupable pour mériter un tel affront, elle qui me considérait à la fois comme son bébé et son amant ? Elle attendit un mot. Je n’eus même pas un geste… Elle recula encore et déguerpit sèchement :
– Bonne journée...

IX

Lola me regardait. Elle n'en revenait pas... Elle n'avait donc pas rêvé : mieux que son compagnon déclaré, j'étais prêt à devenir son complice clandestin. J'étais gentil. Vraiment... Et cette gentillesse imprévue réveillait sur ses lèvres un sourire frémissant. J'étais touché. Sa douceur arrivait des ténèbres... J'étais même fier. J'avais secoué la tombe : un premier fruit tombait…

Lola, rassurée, rouvrit le placard. Elle me demanda :

– Tu guettes ?

– Quoi ?

– Le couloir...

Lola s'était déjà tournée et fouillait une étagère. Elle avait levé quelques piles de serviettes et cherchait un nouveau trésor. Je la taquinai :
– Tu vas nous sortir quoi, cette fois ? Un sèche-cheveux ? Un lave-vaisselle ?
– Des citrons...
– Des citrons ?
– Et de quoi les presser...
Incrédule, je regardai vaguement les environs : tout était calme. Lola s'agita. Elle avait enfin mis la main sur son matériel attitré. J'observai son manège, légèrement hagard, incapable de comprendre le sens de ses gestes : elle avait trouvé six citrons, un couteau, un torchon, un gobelet et un pressoir en plastique. Elle s'activait pour obtenir le jus. Lorsqu'elle en eut assez, elle s'enfila le tout. D'une rasade... Elle referma les yeux, les plissa dans une vilaine grimace et ouvrit la bouche dans les meilleurs délais. Il y avait urgence à s'aérer le gosier ! Quelle folle ! Elle venait d'avaler ce qu'un apprenti chimiste aurait à peine osé manipuler...
Elle me regarda rapidement, me sourit, prit son

torchon, essuya ses accessoires, les rangea méticuleusement et jeta tous les zestes. Je fis mon curieux :
– Tu es sûre que ça se boit, ça ?
Lola en était bien convaincue :
– Ça brûle les graisses...
Comme elle vit mon œil perplexe, elle se dépêcha de quitter la pièce et m'invita à la suivre. On rejoignit sa chambre. Elle se coucha, satisfaite et soulagée. Elle avait pris le remède. Il n'y avait plus qu'à attendre les effets...
Je m'assis en face d'elle. Ses yeux brillaient : l'acide continuait de livrer des étoiles... Comment pouvait-on être aussi belle et aussi folle ? Je la regardais, fasciné, et, me rouillant du côté cœur, je me sentais tout bêtement malheureux... Histoire banale : celle de la fille qui se rêve en photo de mode alors qu'elle est plus envoûtante qu'une toile de maître ; celle de la Joconde qui, tout à coup, n'a plus qu'une envie : poser nue dans *Playboy*...
Je demandai :
– Hervé le sait qu'il y a cet atelier clandestin ?
– Quel atelier clandestin ?

– De pesée et de citronnade...
– À ton avis ?
Lola reprit son masque. La porte se refermait sur la douceur. Malheur à moi si j'insistais : on allait ressortir les cadenas. Je le savais. Mais j'osai :
– Et qui est-ce qui t'approvisionne ?
On se tut. Je m'entêtai :
– Au moins pour les citrons... C'est qui le fournisseur ?
Lola s'allongea davantage et remonta son drap. Je continuai :
– Tes parents ?
J'essayai :
– Ton amoureux ?
La porte de la chambre s'ouvrit. Grunchec parut, bruyamment et visiblement agacé. Il considéra Lola :
– Alors, comme ça, mademoiselle a une planque...
Il gronda :
– Mademoiselle nous trompe...
Je tombai des nues ! Comment savait-il ça ? Et depuis quand ? J'intervins :
– Quelle planque ?

– Vas-y, fais ton étonné, toi... Quand on reçoit de la visite sur son lieu de travail, on évite de la ramener...
– Quelle visite ?
J'étais consterné. Hervé le vit et en joua, se figeant dans une posture bouffie d'autorité. Ce fut pourtant plus fort que lui ; il fallut qu'il ajoute :
– Ceci dit, tu as plutôt bon goût : elle est joliment roulée, ta petite copine...
Je me tournai spontanément vers Lola. J'avais des excuses plein les yeux ; elle, des couteaux plein les siens...

X

18 heures 30. C'était l'heure de dîner ! Et Lola ne décolérait pas… Elle était allongée devant le plateau que je venais de lui apporter. Elle mangeait... Précisément, elle se remplissait, mettant dans le regard qu'elle m'accordait la rage que lui inspirait son assiette. Et ma présence... C'était de ma faute ! On allait la surveiller d'encore plus près. Ses espaces de liberté allaient disparaître un à un jusqu'à se rétrécir à son seul lit. Et tout ça, pourquoi ?

– Parce que ta poupée Barbie est allée cancaner...

J'étais gêné. Que pouvais-je dire, sinon que c'était effectivement pour son bien que 'Naïs avait fait ça ?...
Le regard de Lola mélangea la douleur à la rogne. L'orgueil était touché... Ah ! Parce qu'en plus j'osais défendre la starlette ? La voix se troubla et faiblit :
– Mais arrête avec « mon bien »... Depuis que je suis ici, je n'entends que ça : tout ce qu'on me fait, c'est pour mon bien... On me force à bouffer, on me flique chaque fois que je vais aux toilettes, on me fait parler, on m'interdit les visites, on me coupe le téléphone, tout ça, pourquoi ? Parce que c'est pour « mon bien »... Mais merde, avec « mon bien ». Et si, à moi, votre bien, il me faisait mal ? Vous y avez pensé à ça ?
Sa voix se déchira dans les aigus :
– Hein ? Et si, à moi, votre bien, il me faisait souffrir ?...
Elle retint ses larmes et murmura :
– Alors lâchez-moi... Tous ! Je n'en veux pas, moi, de « votre bien » !...

Je laissai passer un silence et demandai d'une voix posée :
– Comment ça, on t'interdit les visites ?
Lola enragea :
– Vas-y, continue… Fais l'innocent… Comme si tu ne savais pas…
Pourquoi aurais-je dû enchaîner ? Eh bien, non, je ne savais pas. D'ailleurs, je ne savais rien. Mais Lola s'en foutait... Définitivement !
Elle piquait sa fourchette et levait chaque fois un nouveau drame. Il fallait le mâcher, le déglutir et l'avaler. Chaque nouvelle étape marquait une escalade dans la torture. Une ultime s'ajoutait : Lola imaginait l'avenir de chaque bouchée. Elle voyait la viande descendre dans l'estomac et tendre son piège à l'organisme. Un vrai cheval de Troie ! Le corps était en fête : on célébrait l'offrande ! Le sang coulait à flots... Mais déjà les calories sortaient. Les sucres et les graisses, bourrelet au poing, débarquaient dans la silhouette. L'armée des kilojoules était en marche et balançait les capitons…

Lola ne pensait qu'à ça ! Nuit et jour ! Son crâne était doucement devenu un détecteur de graisse. Le regard de Lola ne mâchait pas ses mots…
Il vomissait cette évidence : la malheureuse avait un estomac dans la tête ! J'en subissais la bile : comment pouvais-je oser l'observer aussi froidement ? Elle était au supplice et j'étais au spectacle…
Un bruit dans le couloir me donna le prétexte de sortir. De retirer un instant le costume du tortionnaire qui, soudain, m'étouffait…
Hervé et quelques infirmières empêchaient un homme d'avancer. On criait. Des bras se levaient, d'autres se débattaient. Quelques voix perçaient le chahut :
– Mais c'est lui que je viens voir…
– Bien sûr… Tu feras croire ça à d'autres ! Maintenant, tu files…
– Mais…
Je connaissais cette voix. C'était celle de Rosette. J'en étais sûr ! De ce bon et rigoureux Tristan Rosette... Monsieur histoire-géo arrivait dans l'hosto ! Sans doute voulait-il

entendre mes premières impressions. Quel enseignant dévoué ! S'il m'avait trouvé un poste, sa mission, pour autant, ne faisait que commencer : il devait encore tenir le journal quotidien de mes différentes expériences. Il connaissait ma légèreté : il avait décidé – une fois de plus – de la corriger et de me pousser à l'exercice. Il ne fallait surtout pas oublier que j'aurais, au sortir de mon stage, à produire et à soutenir un rapport...

J'étais radieux ! Le brave homme était refoulé. J'essayai de percevoir une nouvelle salve de mots... L'émeute s'était reculée : le tumulte n'articulait plus. Pour quelle raison le chassait-on ? Hervé avait la sienne ! Et lui seul avait à régner sur son service ! Je me gardai bien de réagir : plus Rosette était loin, plus la vie était douce.

Un nouveau bruit alerta mon attention. La chambre de Lola en résonnait. Je fonçai vers elle. Qu'avait-elle fait, cette folle ? Elle avait une fragilité à semer le pire dans nos pensées...

Son plateau était au sol, au pied du mur, gisant au milieu d'une flaque d'eau, d'aliments et de différents éclats. Son estomac avait montré les poings... Haut les cœurs ! Il avait tout balancé. Sauvagement ! Et le lynx, éclaboussé au milieu du massacre, semblait agoniser douloureusement, criblé de légumes verts et de féculents...

– Qu'est-ce que t'as foutu ?

Lola ne bougeait plus. Ses yeux étaient vides, vides comme son corps, mais éclairés d'une petite flamme, d'une étincelle où brûlaient provocation et fierté, d'une mini-torche dont Lola me menaçait tout en semblant m'ignorer.

Deux infirmières m'avaient déjà rejoint et poussaient les cris d'usage. Je voulus les calmer et me précipitai sur le carnage :

– Je vais le faire ! Oh là là ! Ce n'est rien...

Comme une de nos deux blouses insistait dans la complainte, je balayai des mains le contenu de l'assiette en commentant :

– À ramasser, c'est même une rigolade... C'est si on vous demandait de le bouffer

que vous pourriez avoir vos nerfs... Pas vrai, Lola ?
– Bon. Toi, tu vas arrêter tes grands discours et tu vas me suivre...
– Attends ! Je suis...
– J'ai dit : tu viens !
Je me retournai : Hervé était derrière moi, bras croisés et très grand. Je compris à son air qu'il n'y avait pas à discuter...

XI

Hervé s'assit à son bureau et m'invita à me poser face à lui.
– Alors ?
– Alors, quoi ?
– Premier bilan... Comment trouves-tu notre Lola ?
– J'ai connu des filles plus en forme...
Hervé se moqua :
– Ouah ! Quelle acuité ! Quelle précision dans le diagnostic !
Il se laissa couler doucement dans son fauteuil et se mit à son aise jusqu'à monter ses pieds sur son bureau. Je me tendis :
– Pourquoi tu la cloîtres ?

Il pouffa :
– Qui ?
– Lola !
– Je la cloître ?
– Tu lui as interdit toutes visites et toutes communications…
– Ah ?
Hervé me regarda, gentiment, précisément de cette douceur dont l'adulte aime à masquer son mépris : « Tu n'as pas compris ? Mais c'est normal, mon bonhomme... Ne t'inquiète pas ! Tonton Grunchec va t'expliquer... »
– C'est pour son bien...
– Bien sûr...
Je gigotai la tête et soupirai comme on ricane :
– Pour « son bien »...
À mon tour, je piquai :
– Elle est contagieuse ?
– Non...
– Allergique aux poils d'humains ?
– Non...
– Eh bien, alors ?
– Elle a besoin de faire le point...
Hervé s'accouda sur son bureau et s'expliqua avec un air ridiculement magistral :

– Et, pour le faire, il faut prendre de la distance, alors on s'applique à la mettre entre elle et les siens.
– C'est complètement con !
– Ah bon ?
– Ah oui ! On se croirait à l'école...
Je fixai le regard ironique et incrédule de Grunchec :
– J'ai l'impression de voir un prof… On refuse d'avaler tes salades, alors, hop, tu supprimes les récréations...
Hervé prit tout son temps pour m'asséner :
– Au contraire, je les impose...
Je répliquai aussitôt :
– Ah ! Tu trouves, toi ?
– À travers ta présence, j'en suis même persuadé...
– Quoi ?
Qu'insinuait-il, ce fourbe ? Je réfléchis, en soupçonnant très fortement une attaque personnelle. Le sourire du grand ponte leva bientôt ma crainte : j'étais en train de recevoir le plus doux des encouragements... Son œil était tout chaud :
– Je suis sûr que, toi, tu peux y arriver...
– Arriver à quoi ?

– À lui faire comprendre...
J'écarquillai de grands yeux. Ma perplexité battait des cils... Hervé se frotta les mains, cogita dans un sourire fugace et reprit :
– En tout cas, tu as le profil...
– Quel profil ?
– Celui qui prouve qu'on peut être heureux malgré un physique difficile...
– Difficile ? Tu rigoles ou quoi ? Quand je me mets torse nu, je crée l'émeute...
Hervé rigola volontiers, inspecta la pendule et lança :
– Bon. Allez... Pour ce soir, file tout droit. Lola a besoin de se reposer et la psy doit passer... A demain.
Je me levai. Il me tendit sa main. Je m'appliquai ostensiblement à l'ignorer, allais sortir, mais ne pus m'empêcher soudain d'essayer d'en savoir davantage. Je me retournai pour demander :
– Au fait, Rosette… ?
– Oui ?
– Qu'est-ce qu'il voulait ?
Hervé parut hésiter un instant. Il fixa mon regard et m'informa :

– Il voulait voir sa fille…
Je m'étonnai dans un rictus :
– Oh ? Parce que Rosette, il a une fille ?
Hervé me défia :
– Oui.
Son ton m'inquiéta. Et, comme cette inquiétude, en plus de me crisper, me rendait muet, ce salopard de grand ponte enchaîna :
– Même qu'elle s'appelle Lola…

XII

Dès que je fus dehors, j'attrapai mon portable et appelai mes parents. Je décrivis rapidement ma journée et les prévins que je serais en retard. On s'amusa :

– Tu fais des heures sup' ? Bravo, mon fils ! La France capitaliste est fière de toi…

– Non, je vais chez Rosette !

La voix tomba des nues :

– Pardon ?

– Je suis sûr que ce salaud-là m'a manipulé... Je veux en avoir le cœur net !

J'expliquai mon intuition. On ricana. Je m'entêtai :

– À tout à l'heure ! Bisous...

J'accélérai mon pas, passai devant la plage du Ris et montai rue des Iris. Je connaissais l'adresse... Il avait bien fallu ! Ce sinistre barbu avait montré son impatience : sous prétexte que ma classe lui avait rendu une carte des capitales européennes une semaine auparavant, j'avais été dans l'obligation de lui remettre la mienne avant la fin du jour... Son défi m'avait plu : j'avais mis tout mon cœur à bâcler notre continent. Paris, Londres, Rome, Marseille, Lourdes, La Baule-les-Pins... Tout avait trouvé sa place. A 23 h 15, l'Europe affichait enfin complet.
Mon père, perdu dans ses brumes habituelles, avait eu la bohème de croire à mon histoire : j'avais terminé la chanson du siècle. Ma partition était à peine sèche... Il me fallait de toute urgence la porter à un copain. On sortit la voiture et fila vers l'autre bout de la ville. On se gara. La pendule était formelle : il était 23h30. Je sortis, triomphant, légèrement fébrile mais sûr de ma fête... On allait rire ! 34, rue des Iris. Je sonnai. Tout semblait dormir. J'insistai... Une fenêtre du premier étage s'ouvrit. Une tête servie sur pyjama paraissait sortir d'un profond

sommeil. Je chuchotai le plus fort possible :
– C'est Zadig…
– Qui ?
– Zadig Dullac ! Je vous amène ma carte…
Je levai mon bras et indiquai ma montre :
– Vous avez vu ? Avec une demi-heure d'avance…
Le silence de la nuit exprima une sourde consternation. Je me hasardai à demander :
– Vous en tiendrez compte dans votre notation ?
La fenêtre se referma. Je mis mon œuvre dans la boîte aux lettres et invitai mon père à démarrer fissa…
Rosette avait voulu un instant porter plainte. J'avais fait valoir ma bonne foi. Le brave barbu avait très vite baissé les bras…
34, rue des Iris. Trois mois plus tard, j'y étais à nouveau, étonnamment moins tranquille que la toute première fois, alors même que, cette fois, dans la farce, le dindon, c'était moi. Je sonnai. On ouvrit la porte d'entrée… Rosette parut. Il ne posa aucune question. Il s'avança dans son jardin et m'approcha :
– Bonjour…
– Salut…

– C'est pour quoi ?
Je le défiai :
– Vous ne devinez pas ?
– Tu me dois un devoir ?
– Ah non ! Cette fois, c'est vous qui me devez une explication…
Rosette eut un sourire que je ne lui connaissais pas. Il s'écarta :
– Entre...
La maison était grande, décorée sans rigueur, à la va-comme-je-te-cloue, avec de multiples tableaux, des bibliothèques dégoulinantes et des chinoiseries en tout genre. On aurait pu être tout aussi bien chez un bouquiniste que chez un brocanteur. On me conduisit au salon et me désigna un vieux fauteuil en cuir qu'un chat avait dû personnaliser à coups de griffes. Rosette, lui, s'accorda le canapé :
– Alors ?
– Alors quoi ?
– Tu l'as vue ?
– Qui ?
– Lola...
Je répondis sèchement :
– À votre avis ?

Rosette sourit :
– J'ai eu Grunchec au téléphone...
– Je sais... Et vous êtes venu aussi.
– Tu m'as entendu ?
– Je vous ai même aperçu...
Il prit l'air d'un garçonnet :
– C'était bien joué, non ?
– Quoi ?
– Le coup du prof qui vient voir son élève...
– Et qui en profite pour embrasser sa fille ?...
Rosette fit tomber ses yeux. Il me toucha. Je dis gentiment :
– C'était même très bien joué... Seulement, il y avait Grunchec...
– Eh oui !
Rosette releva son regard et ajouta mystérieusement :
– Il y a toujours Grunchec...
– Vous le connaissez bien ?
– Grunchec ? On a été au collège et au lycée ensemble...
– C'est un ami ?
Rosette se débarrassa rapidement de la question :
– Un vieux souvenir...
Il s'avança sur son siège, pinça son pantalon

à hauteur de ses cuisses, le tira vers l'arrière et m'interrogea :
– Alors ? Lola ? Comment tu l'as trouvée ?
– Maigrichonne...
– Oui, mais sinon ?
– Plutôt jolie...
Rosette fronça furtivement les sourcils et me fit un sourire, aussi réjoui qu'embarrassé...
– Jolie ?
– J'imagine que sa maman doit l'être...
Rosette se recula. Je compris ma bourde... Elle était réellement involontaire ! Je m'empressai de demander :
– Elle va bien ?
– Qui ?
– Sa maman...
– Elle est morte !
– Ah ?
Je pâlis. Il était urgent de prendre cette décision : se taire. Tout simplement, se taire. Le silence serait le préau. Il y avait avis de conneries. Force sept. Mieux valait se protéger...
Rosette me considéra avec une certaine tendresse :
– Rassure-toi ! Il y a prescription... Lola avait

cinq ans lorsqu'elle s'est tuée... Alors on finit, non pas par oublier, mais par accepter : l'évocation devient moins brûlante... Elle peut même parfois devenir douce...
Rosette se berça un instant de souvenirs et sortit de sa mémoire pour revenir à la charge vers moi :
– Mais c'est vrai, tu as raison, elle était belle, très belle, sans doute même trop...
Je ne pus m'empêcher :
– Pourquoi, trop ?
– Peut-être parce que, moi, je ne l'étais pas assez...
Je ne pouvais raisonnablement pas le contredire... C'était gênant ! J'enchaînai :
– Mais quand vous racontez qu'elle « s'est tuée », vous voulez dire que... ?
– Elle a eu un accident...
Rosette se tut. Je voulus le relancer :
– Mortel ?
Je regrettais déjà mon intervention. Je devais me taire. Vraiment. C'était urgent... Salive et langue m'en assurèrent leur engagement !
Une voix sourde reprit bientôt :
– Elle était enfin prête à se marier... Pour toute

la vie ! Je lui ai expliqué qu'on devait déposer une liste de mariage. Elle m'a dit que ce qu'elle voulait, elle, c'était une moto. Une grosse moto ! Je l'aimais. Je la lui ai offerte. Elle a demandé à la conduire. Tout de suite. Lola est exactement pareille, tu verras : il lui faut toujours tout, tout de suite... Alors, voilà. C'était comme ça. Après sa robe, elle voulait encore essayer la machine. Elle est montée dessus. Toute seule. Juste pour nous épater, sa fille et moi... Un camion est passé. Il y a eu un gros choc. On a dû annuler le traiteur...

Je réfléchis, doucement et intensément. Je proposai :

– Et depuis, Lola ne mange plus ?

– Lola s'est bizarrement très vite acclimatée à notre nouvelle vie... Elle était même enjouée ! Elle recevait des amis, elle passait des heures à la plage, elle dansait... Elle était vraiment vive ! Et puis...

Rosette se figea. Je le réveillai discrètement :

– Et puis ?

– Et puis, en CM2, elle s'est doucement voilée...

– Voilée ?

– Oui, comme une roue de bicyclette... Elle n'a plus tourné rond. Elle s'est voilée de tristesse. Depuis, tout n'a fait qu'empirer... Jusqu'à cette année où elle a décidé de ne plus du tout s'alimenter…
– Jusqu'à faire deux arrêts cardiaques...
Rosette s'étouffa :
– Quoi ?
– C'est ce que m'a dit Grunchec...
Rosette parut bizarrement rassuré :
– Ah ? Sans doute a-t-il voulu te motiver... C'est un beau parleur, Grunchec, tu sais. Une espèce de crapule...
– Vous étiez faits pour vous entendre...
– Pourquoi dis-tu ça ?
– Parce qu'au rayon « beau parleur », vous l'avez carrément joué tête de gondole, vous, avec mon stage...
Rosette rougit vaguement. Il prit une petite inspiration et lança ses yeux sur moi :
– C'est encore de la faute de Grunchec...
Mon œil perplexe précipita son articulation :
– Il m'a dit qu'il n'y avait qu'un moyen de la sauver...
– Lola ?

– Oui. Que moi, je l'étouffais avec mes principes et mes livres, qu'il fallait que je la lâche, ma môme, que le bac, c'était important, mais que ça n'était pas tout... Bref, qu'il fallait que je la laisse vivre.

Je pouvais bien croire que cet homme, façon père, devait être particulièrement oppressant... Mais quel rôle avais-je à tenir là-dedans ? Rosette continua :

– Mieux ! Il fallait qu'elle découvre la légèreté ! Sa mère était morte et son père ne vivait que pour ses bouquins, comment voulais-je que Lola soit épanouie ? Cela manquait singulièrement de folie, tout ça. Ça sentait la poussière, le cierge et le recueillement. Un bon petit court-circuit... Voilà ce qu'il lui fallait, à ma fille !

A l'heure de le monter sur moi, Rosette baissa le regard :

– C'est comme ça que j'ai pensé à toi...

– À moi ? Parce que Grunchec avait dit « petit » ?...

Rosette réagit. Il sourit sur ses pieds :

– Non, « court-circuit »...

Il trouva enfin la force de mettre ses yeux dans les miens :

– Tu étais l'homme de la situation !
– L'homme ?
– Enfin, le garçon... Toujours rieur, jamais d'accord avec la règle, constamment prêt à nous faire tous péter les plombs, toi, tu allais me la sauver...
Je frémis. Rosette l'ignora et dit pour lui :
– Tu as de la chance, tu sais.
– Pourquoi ?
Un pauvre sourire arriva à lâcher :
– Ça doit être bon d'être gai...

XIII

Un joli mardi s'annonçait... Les étoiles s'étaient doucement fait la belle et le soleil déroulait son tapis bleu. Le printemps n'avait que quelques jours et déjà réveillait ses oiseaux. J'adorais ça ! La nature se remplumait et retrouvait toutes ses couleurs...
Mon portable bipa : un SMS était arrivé. Je lus : *Belle journée, mon petit amour. 'Naïs.* Je répondis tout en marchant : *Toi aussi. Bisous.*
A neuf heures pile, j'étais face à la chambre 314, heureux et tout gonflé d'air chaud. À peine avais-je la main sur la poignée que celle-ci déjà tournait. La porte s'ouvrit et fit apparaître un grand brun. Matthieu

Grunchec... Il portait une raquette de tennis et un polo Lacoste du plus bel effet. Je souris :
– Salut...
Un instant surpris, le bel athlète retrouva sa prestance :
– Bravo, le stagiaire ! Tu es drôlement ponctuel...
Je le toisai un moment et lançai :
– Tu es au courant que les visites sont interdites ?
– Qui t'a dit que j'étais un visiteur ?
– Tu en as tout l'air...
– On ne t'a jamais expliqué qu'il ne fallait pas s'arrêter aux apparences...
– Si. Bien sûr que si. C'est pour cela que je prends quand même le temps de te parler...
Matthieu Grunchec se tendit sérieusement :
– Ah ! J'ai l'impression que dans la famille « copains de Blanche-Neige », j'ai tiré la carte « Grincheux »...
– « Simplet », ça aurait été dur : tu étais déjà servi...
Le sportif joua avec ses lèvres dans un mauvais rictus et voulut s'éloigner... Je le retins :
– Tu ne m'as toujours pas dit ?
– Quoi ?

– Ce que tu foutais là alors même que c'est interdit ?...
Le visage du bellâtre changea doucement : il se durcit. Sévèrement... Grunchec junior avança vers moi et me défia du regard. Il serra les dents pour marmonner :
– Écoute-moi bien, toi : fais-moi pas chier... D'accord ? Fais-moi surtout pas chier...
On se tourna et m'étala des muscles dorsaux pour mieux me convaincre de la boucler. Sa carrure avait effectivement de quoi neutraliser mon vocabulaire...
Je rentrai... Le lit était vide. Lola était dans la salle de bains. Le bruit de la douche se frayait dans le silence. Une boîte de balles de tennis était restée sur le fauteuil. Je la saisis et voulus déjà rejoindre celui qui l'avait forcément oubliée. La secouant, j'entendis un son diffus. Les balles étaient étranges... Je retirai le couvercle et découvris le contenu : cinq citrons y étaient empilés. Le gang des bouffe-graisse avait encore frappé... Désormais, j'en connaissais le meneur. Matthieu Grunchec. Le complice idéal : on écarte toujours de la liste des coupables le fils du commissaire...

Je m'assis dans le fauteuil, sortis mon MP3 et méditai en écoutant du Murray Head. Lola parut bientôt dans un peignoir mauve et sous une serviette posée façon glace italienne sur la tête. Elle s'arrêta et s'effraya :
– Tu es déjà là ?...
Je rigolai :
– C'est que je travaille, moi, madame : j'ai des horaires à respecter...
Elle baissa la tête :
– Ne me regarde pas...
– Pourquoi ?
– Je ne supporte pas qu'on me regarde quand j'ai mes lunettes...
– Ça te va très bien...
Elle ronchonna :
– Bien sûr...
Lola se dépêcha d'attraper sa boîte à lentilles et retourna dans sa cache de bains. Je la suivis et frappai à sa porte. Si les crapules de grand chemin ont sans doute besoin d'une lumière dans les yeux, j'avais idée que cette demoiselle préférerait être à l'ombre pour parler...
– Tu as vu Matthieu ?
– Non...

– Ce matin ?
– Non !
– Parce que lui est passé...
– Où ?
– Dans ta chambre...
– Comment tu le sais ?
– On s'est croisés...

Lola se tut un bref instant, puis reprit négligemment :

– C'est son père qui a dû lui demander de me rendre un service...
– Quel service ?
– Je ne sais pas... Peut-être de me déposer des médicaments...
– Des médicaments ?
– Oui.
– Dans une boîte de balles de tennis ? Si c'est des suppositoires, fais sonner l'alerte à hémorroïdes...

Lola fit cette fois un long silence. J'entendis des gestes se précipiter. La porte s'ouvrit brusquement :

– Elle est où ?
– Quoi ?
– Cette boîte ?

– Pourquoi ? Tu as loué un court ? On joue à quelle heure ?
Lola m'écarta d'une main crispée, avança dans sa chambre, lança et relança ses yeux dans les moindres recoins, puis s'angoissa :
– Elle est où ?
– Là...
Pour l'avoir cachée dans mon dos, je la mettais désormais dans ses doigts :
– Tiens...
Lola la décapsula nerveusement et considéra l'intérieur. Elle me regarda. Je perçus sa déception. Pire. Sa douleur... Elle vacillait. Je m'assis dans le fauteuil :
– Je te rends le contenu dès que tu m'as expliqué...
Lola fronça les sourcils et fit son visage le plus dur. Buté ! Elle se posa sur son lit. Une cuisse sortit de son peignoir. Elle le vit et rajouta du tissu. Elle s'ajusta de telle façon que rien de sa nudité ne puisse plus lui échapper. C'était étrange : son intelligence était de toute évidence mobilisée vingt-quatre heures sur vingt-quatre sur son corps. Elle voulait en avoir le contrôle à la fois total et parfait. Je souris :

– Alors ?
Une voix rauque grogna :
– Alors quoi ?
– Tu m'expliques ?
– Je t'explique quoi ?
– Le rôle de Matthieu dans ta vie...
Lola eut un vague haut-le-cœur et râla :
– Dans ma vie...
Je l'avais énervée. C'était très bien. Sa rage, toujours à flots, ne tarderait pas à déborder. Des premiers mots coulèrent :
– Ma vie, parlons-en. Il me l'a toujours pourrie, lui, ma vie...
– Matthieu ?
– Matthieu et quelques autres...
– Pourrie comment ?
Lola se referma. Pourquoi m'aurait-elle dit ce qu'elle s'était toujours appliquée à cacher ? Je sentais sa confusion. Elle me maudissait. Je l'ennuyais avec ma gentillesse. Elle avait pris l'habitude de détester les gens. Elle s'était même construit une île. Qu'elle soit déserte avait fini par la combler ! Alors qu'est-ce que je foutais sous son palmier ? Elle était Robinson, j'étais son Vendredi. Ce n'était

pourtant pas le jour de l'emmerder...
Elle s'allongea et se protégea sous ses draps. Elle regarda longuement le plafond. Je finis par lui demander :
– Ça va ?
Son visage se tourna nerveusement vers moi. Malgré tous les barrages, une larme avait fini par glisser... Une longue larme, toute discrète, qui semblait s'excuser de couler quand, derrière les yeux, battait un océan secoué de colère et de vagues à l'âme. Je souris :
– Écoute ça...
Je mis les écouteurs de mon MP3 sur ses oreilles, laissant mes doigts se perdre délicieusement dans quelques cheveux encore mouillés :
– Il n'y a pas meilleure bande-son pour se lâcher... Murray Head... *Say it ain't so*... Tu connais ?
Je crus comprendre que non. Je murmurai :
– Alors ferme les yeux et ouvre le reste…
Lola sourit… Ses paupières se baissèrent. Elle était vraiment jolie ! Ses cheveux ambrés, son nez tout simple, ses joues pleines de fossettes,

ses lèvres épaisses et ouatées qui, doucement, se détachaient pour lever le voile sur quelques dents... J'étais troublé. Ses longs cils se séparèrent : elle n'était pas tranquille. Petit animal apeuré, elle était aux aguets... J'étais là. Muet, du bout des yeux, je tentai l'impossible : « Tout va bien. Je n'aime que la douceur. Enferme-toi dans la tienne. Loin des autres et des ordres. Cale-toi dans tes trésors. Je surveille les alentours : mon cœur comme coffre-fort et nos regards pour code secret... » Le miracle s'accomplit : Lola referma ses yeux et les garda fermés, sans ciller, sans trembler, jusqu'au bout de la chanson...
Quand elle revint à moi, elle retira délicatement ses écouteurs. Elle me considéra, longtemps, embarrassée et heureuse, presque gênée par son plaisir, et finit par sourire :
– J'aime vraiment beaucoup...
Je la grondai tendrement :
– « Vraiment » ? Pourquoi dis-tu « vraiment » ?
Elle fut confuse :
– Parce que c'est vrai...
– Évidemment que c'est vrai, puisque tu le dis...

Elle était intriguée : me foutais-je d'elle ? Je précisai :
– C'est les menteurs qui disent « vraiment »...
Elle s'amusa :
– Tu crois ?
– J'en suis sûr ! Alors non, il ne faut pas que tu dises « vraiment », ce n'est pas un mot pour toi... Pour des gars comme Matthieu sans doute, mais pour toi, non !
Lola sembla incroyablement touchée. Elle ne bougeait plus. Je me levai et l'approchai. Ses sourcils eurent un mouvement d'étonnement : allais-je l'embrasser ? Je repris les écouteurs :
– J'ai une dernière chose à te faire écouter...
Lola semblait désormais incapable de parler : calée dans sa bulle, elle avait tout oublié, jusqu'à ses mots. Je plaçai les écouteurs dans ses oreilles, tout doucement, en écartant quelques cheveux. J'appuyai sur play. Lola frémit, me jeta un regard plein d'effroi, s'apaisa, détourna son visage et s'enferma dans l'enregistrement...
Elle avait besoin de solitude. Je m'éloignai et allai dans la salle de bains, repensant à la scène : Rosette s'était d'abord étonné... Dans

un MP3 ? Ah ! Parce qu'en plus, on pouvait parler dans un MP3 ? C'est qu'il s'en était passé, des choses, depuis qu'on était rentré dans le XXIe siècle... Alors, l'homme austère avait fini par accepter : je lui avais tendu mon appareil et il s'était mis à enchaîner les mots, sans réfléchir, en laissant son seul cœur articuler chaque peine et chaque regret... Très vite, il m'avait oublié, au point qu'il n'avait même pas vu que ma main s'était doucement mise à trembler...

« C'est comme ça, ma très belle ! Chez nous, on ne parle pas. On garde ! On souffre et on sourit. Je t'ai bien vue, parfois, rentrer avec des larmes. J'avais les miennes... Chacun se consolait de son côté. Mon métier est ainsi fait qu'on donne tant aux enfants des autres dans la journée qu'on n'a plus rien à offrir le soir aux siens. On morfle, on s'use et, finalement, on disparaît : notre maison est hantée. On y est deux fantômes, blessés par leur journée, tout juste bons à faire chauffer des pâtes et à se coucher... Comme je m'en veux de t'avoir laissée glisser. D'avoir succombé à mes peurs au lieu d'affronter les tiennes. C'est ma lâcheté qui a fait ta folie... Je redoutais tellement de raviver mes plaies que j'ai préféré ne pas soigner les tiennes. Oui, mes plaies, ma très belle, mes hontes et mes humiliations, mes douleurs juvéniles que mes élèves aujourd'hui ne finissent pas d'entretenir... Un jour, je te raconterai. Tout, sans rien te cacher, quitte à nous faire mutuellement de la peine... Je t'aime. Oh oui ! Crois-le ! Je t'aime éperdument, ma fille... »

Il n'avait pu finir. Sa voix s'était brisée. Et, même si la mienne avait pâli, j'avais retourné le micro vers mes lèvres : « Parce que c'est vrai, je suis lourd, toujours sérieux, gonflé de dates et de capitales, imperméable aux plaisanteries, mais je suis un bout d'homme comme un autre. J'ai mes petites fantaisies... Tu veux connaître ma dernière ? J'ai rempli la maison de chocolat. Je te jure ! J'étais sûr que, pour Pâques, tu allais rentrer. Je voulais te faire cette surprise. C'est raté... Mais je t'attends ! Les œufs et les poules restent à leur place... Mais fais vite ! Le soleil est en train d'arriver : ça va finir par fondre dans notre coin à manger... »

Quand je revins de la salle de bains, je trouvai Lola en larmes. Décomposée... Je voulus rire. J'avançai en tenant un plateau que j'avais vaguement bricolé. J'y avais posé cinq citrons et une poule en chocolat. Je lançai :

– Le goûter matinal de madame est servi...

Lola prit tout son temps. Elle retira les écouteurs. Elle se redressa. Elle me regarda de ses grands yeux et les essuya du bout d'un pouce. Elle considéra le plateau. Elle hésita. Elle eut un sourire égaré. Elle ne savait pas. Elle ne savait plus. Elle était perdue. Je finis par piocher la poule. Je lui demandai :

– On partage ?

Son sourire s'agrandit, malicieux, semblant saluer ma performance : j'arrivais presque à lui entrouvrir l'appétit...

Une infirmière entra : il était l'heure précise de prendre la tension et la température. Elle aperçut ma présentation :

– Qu'est-ce que c'est que ces citrons ?

Elle se rua dessus, me bousculant sans ménagement :

– Ça ne va pas, non ?

Elle attrapa chaque fruit et les évacua dans sa poche.
J'étais outré :
– Ben quoi, on ne peut plus fêter Pâques ?...
La vieille me provoqua :
– Pâques ? Avec des citrons ?
Je dis d'une voix chevrotante et émue :
– Chacun fait avec ses moyens, chère madame… Moi, dans mon jardin, il y a toujours eu des citrons. Même que mon père, pour faire plus vrai, ajoute plein de petits dessins dessus. Au stylo-bille... Il y a deux ans, il avait gagné au tiercé : il avait sorti les feutres... C'était très beau !
Lola avait l'œil tellement complice que sa bouche finit par exploser :
– C'est l'année où vous aviez pu fêter Noël...
Mes yeux saluèrent la surenchère :
– Tu parles si je m'en souviens ! C'était la première fois de ma vie que je voyais une mandarine... Maman l'avait mise dans ce soulier que mon père, l'année d'avant, m'avait taillé dans ses vieux cageots à vin et...
L'infirmière secoua la tête, aussi désolée qu'exaspérée, remballa tous ses instruments

et déguerpit en claquant la porte.
Lola me fit son plus beau sourire en laissant sur son visage se déplier un incroyable éventail de fossettes. La Muraille de Chine et les jardins suspendus de Babylone ! Ni plus ni moins... Je n'avais plus assez de mes yeux pour réviser mes deux merveilles du monde. Lola faisait la troisième. Comment Rosette n'avait-il pu jamais penser à employer sa fille comme matériel pédagogique ?

XIV

On demanda l'autorisation... Une infirmière, s'étant empressée d'aller nous la chercher, revint nous la donner. Enchantée ! Les hautes autorités étaient d'accord…
– Allez ! Bonne idée, tiens... Allez prendre l'air : c'est tout le monde qui va mieux respirer...
Lola et moi nous regardâmes, complices et enthousiastes. La liberté était aux portes de l'ascenseur...
Lola, tout en rêvant d'en prendre une bonne goulée, en avait peur. Je le sentais. C'était confus, mais son cœur avait des battements singuliers... Ce n'était sans doute pas qu'elle

aimait ses murs, mais elle en appréciait la sécurité. L'air pur sous-entendait des risques... Pour les prendre, elle avait besoin d'un soutien. Je lui proposai ma main. Elle la saisit, fébrilement, le regard droit. Soudain, elle s'arrêta et retira déjà ses doigts. Devait-elle mettre un pull ou un gilet ? Des bottes ou des mocassins ? J'ouvris l'armoire : il y avait le choix. J'optai pour un blouson et des Converse. Lola enfila et chaussa à ma guise ; elle eut un doute :
– Tu es sûr ?
Je m'enflammai :
– Tu es magnifique…
Lola haussa les épaules. Je repris sa main. On avança... Le soleil nous indiqua un banc. On s'assit, dans un même mouvement, appréciant l'air et le bruit des goélands... Lola n'était pas encore prête : le plus petit parcours l'essoufflait plus qu'un marathon.
– Ça va ?
Elle frissonna vaguement et sourit :
– Ça fait du bien…
On regarda les alentours. Le décor sentait bon... Quelques enfants jouaient autour d'un toboggan et sous l'œil attentif des mamans.

Une petite voix lança :
– Merci...
– De quoi ?
– De m'avoir amenée là...
Elle osa même ajouter :
– Et merci aussi d'être à mes côtés. Je me sens bien quand tu es là...
Je fus touché, intimement, et moi qui, d'ordinaire, avais toujours un mot pour enchaîner me retrouvai stupide d'être aussi muet... Cette fille avait décidément un charme. Elle déployait ses sortilèges. Je devais réagir et déjà résistais :
– Tu as déjà eu ton père comme prof ?...
– Non. Dès le primaire, il m'a mise dans le privé...
– Oh ? Tu es à Saint-François-d'Assise ?
– Voilà. Dans ce haut lieu d'élevage de petits bourges en plein air...
– Je compatis...
Je ricanai... Saint-François-d'Assise... La plus chic, la plus élitiste et la plus honorable de toutes les écoles de la région. Maternelle, primaire, collège et lycée : le kit complet pour la meilleure des instructions ! Encore fallait-il

y mettre le prix. Mais c'était gage de sélection : pas un seul beur ne dépassait des rangs ! Pas un piercing ni une audace ne troublaient les couloirs. Une vraie réserve à blondinets et à poupées Barbie, tous habillés par les meilleurs des couturiers et accessoirisés par les marques les plus fameuses. Du cartable au stylo, de la trousse à la gomme, tout devait fleurer l'aisance et le mépris. Malheur à ceux qui osaient hanter les lieux sans l'uniforme de circonstance. Lola était de ceux-là : parmi les fils d'avocats et de chirurgiens, elle devait faire pâle figure avec un père enseignant dans le public...

– Tu t'y es fait des amis ?

Lola fut brusque :

– A ton avis ?

Je restai doux :

– Ta classe t'a quand même fait un cadeau...

– Quand ?

– Hier. Et les petits mots étaient plutôt sympas...

Lola cracha :

– Tu parles...

La jambe gauche de Lola s'agita fréné-

quement. Sa mémoire devenait son centre nerveux... Je voulus l'aider en la provoquant :
– Quant à Matthieu, lui, j'ai l'impression qu'il te rend carrément de grands services...
– Bien sûr...
– Je me trompe ?
– C'est le plus beau faux-cul que je connaisse...
– Matthieu ?
– Le plus beau trouillard aussi...
Lola frémit. Elle était au bord du précipice. Elle n'avait jamais été aussi près de se jeter dans la confidence. Un secret la brûlait. Le bouchon de sa hargne allait forcément sauter. Bouchon d'une bouteille trop longtemps vieillie, dans une cave grouillante de cafards et traversée de vents soufflés par d'épouvantables cauchemars... Sa respiration s'accéléra :
– Au début, tout était bien. On était amis. On jouait. On s'invitait même... Et puis, en CM2, on a découvert que j'étais myope...
– Et alors ?
– Et alors j'ai dû porter des lunettes... J'étais la seule de notre classe à en avoir sur le nez. Très vite, ils m'ont appelée « œil de lynx ».
A tout instant, Lola pouvait se bloquer. Ses

mots étaient sur un feu. Un feu si violent qu'elle pouvait s'y blesser jusqu'à en perdre la voix. Il me fallait à la fois l'entretenir et le maîtriser :
– C'était mignon...
Lola se crispa un peu plus :
– « Œil de lynx » ? Tu as raison ! Mêmes les maîtresses rigolaient. Et puis, doucement, ça a dégénéré : je suis devenue leur souffre-douleur... Leur grand jeu, c'était de me faire pleurer. A chaque récréation, c'était à celui qui me ferait chialer le premier. Matthieu est vite devenu le leader... D'autres ont suivi. Et leur cour aussi...
– Leur cour ?
– Les Barbie ! Le bataillon des strings et des culs millimétrés. Les pom-pom girls... Celles que tout le monde regarde et qui te foutent la honte si tu as le malheur d'être un peu moins bien roulée...
– Alors tu as décidé de rentrer dans le moule...
Lola ne m'écoutait plus. Elle était dans son passé, perdue, galopant à travers ses souvenirs pour essayer une nouvelle fois d'y échapper :
– Un jour, ils sont venus en meute : la surveillante était là. Jolie croix de bois bien en

évidence sur son joli pull en laine grise... Ils m'ont touchée, pelotée, embrassée, ridiculisée... J'étais en larmes ! Je rougissais, je chialais, j'étais pleine de morve et de bave... Et j'espérais. Je n'avais plus que ça à faire : espérer. Espérer que sœur Apolline intervienne et disperse ces connards... La brave sœur s'est enfin décidée à se montrer. La horde s'est éparpillée en ricanant... J'aurais voulu hurler ! Cracher le feu qui me dévorait de l'intérieur... Heureusement, la gentille sœur a su trouver les mots. Grâce à sa foi ! Grâce à son cœur... Elle m'a dit : « Allez, un peu de cran, ma fille ! Tu n'as pas compris que c'était pour rire ? »
Lola se tut. Il y avait des bruits diffus : je n'entendais que son silence. L'explosion avait été violente : plus aucun son ne me parvenait. Lola eut un spasme. Terrifiant ! Comme une déchirure en plein cœur des entrailles... Elle poussa un léger râle et voulut enchaîner :
– Comme, en plus, tous ont des moyennes d'exception, je suis la bohémienne. Une fille de rien... Un vulgaire torchon au milieu des serviettes ! Tout juste bon à essuyer des injures...
Lola avala une bille de salive. Son visage

l'annonçait : il y avait pire... Elle se lança :
– Et puis un soir, Matthieu et ses potes m'attendaient... Juste devant chez moi. C'était décidé. Ils allaient m'aider : avec eux, plus de soucis. La physique et les maths allaient me livrer tous leurs secrets. Les doigts dans le nez que j'aurais mon bac ! Il y avait juste une petite condition...
– Une condition ?
– Bah oui ! Les cours particuliers, ça réclame contribution... Très vite, j'ai senti le...
– Zad' !
Lola se figea. Aussitôt ! Qui avait crié ? Une main tomba sur mon épaule :
– Zad'... Tu vas bien, mon petit bébé ?
Ce fut plus fort que moi ! Je lâchai :
– Merde, Anaïs ! C'est pas le moment...
Anaïs, légèrement essoufflée, recula et me couvrit de ses yeux tout particulièrement maquillés :
– Quoi ?
– Je suis avec Lola...
Anaïs, rougissante, blessée au plus profond de sa féminité, se recula, doucement, légèrement chancelante et finit par brailler :

– Eh bien, restes-y ! Restes-y avec ton cadavre ! Si tu préfères les sacs d'os, c'est ton droit... Mais ne compte plus sur moi pour... Pour...

Plus aucun mot ne vint. Elle se tourna et, pleine de rage, dégagea à toutes jambes.

XV

J'en avais pris la veille l'engagement. Dès 18 h 30, je le respectai : je sonnai chez Rosette. Il parut aussitôt et m'accueillit avec la chaleur d'un ami. Monsieur histoire-géo avait un sourire et des mains. Je découvrais les deux qu'il m'offrait parmi des gestes remplis de gaieté. Avais-je passé une bonne journée ? Je lui renvoyai la question : il fit une modeste grimace. Nous étions le 1er avril. Jour du poisson et des petites provocations dont je savais, mieux qu'un autre, tous les secrets... Rosette eut un rictus et me montra son salon. Voulais-je un jus d'orange ? Il me précisa qu'il le faisait lui-même. Comment aurais-je pu

refuser ? Il me fit asseoir et me servit un verre.
– Alors ? Quelles nouvelles ?
– Lola a écouté votre message...
– Tu lui as donné la poule ?
– Elle a tout mangé...
Rosette s'enflamma :
– Non ?
Je pris tout mon temps pour rétablir la vérité :
– Non...
Rosette rentra son cou qu'il avait inutilement découvert. C'était vraiment un drôle de bonhomme, raide et sensible à la fois, toujours sur le fil qui sépare la raison de la fantaisie. Il ne vivait pas : il avançait à tâtons, crispé sur son cartable comme le funambule sur sa perche, soucieux de ne jamais perdre pied...
Je l'informai :
– On est sortis...
– Lola et toi ?
– Oui... On a demandé l'autorisation, on l'a eue, alors on est allés prendre l'air...
– Il fallait m'appeler : je t'ai donné mon portable... Je serais...
Je le coupai :
– Je n'avais pas le droit, m'sieur Rosette...

Le barbu retrouva son masque magistral :
– C'est toi qui me parles de droit ?
J'ignorai la remarque en enchaînant :
– A deux, on parle mieux...
Rosette se tendit. Il s'adossa au canapé. Comme je restais muet, il voulut remettre de la salive dans ma confidence :
– Comment ça, on parle mieux ?
– Lola m'a livré quelques blessures...
– Que je lui ai causées ?
– Que sa classe lui a faites...
Rosette avait des oreilles jusque dans son regard. Il fallait que je raconte. Tout. Par le menu... Je me lançai, sans rien cacher :
– Et puis, un soir, elle est rentrée : trois garçons l'attendaient. Tout gentils, tout mielleux... Trois connards qui voulaient soi-disant lui donner un coup de main...
– Pour ses maths...
Rosette avait coupé mon élan. Je réfléchis rapidement, puis osai :
– Vous étiez là...
– Légèrement à l'écart...
– Vous entendiez...
– Tout ! Ces petites crapules avaient prémédité

leur offre... Je n'en revenais pas ! Lola ne bougeait plus. Elle avait l'air terrorisée. Ces bons garçons lui feraient ses DM, lui expliqueraient tout le programme et tout ça, contre rien, ou presque, juste une « gâterie » par-ci par-là...

La respiration de Rosette s'accéléra.

– Lola était un moineau piégé. Coincée contre le parapet... Elle était incapable de parler. Incapable même de crier. Et moi je ne bronchais pas... J'étais là, dans l'ombre, à quelques centimètres et je ne bronchais pas. J'avais reconnu la voix...

Rosette avait drôlement pâli. Je le sortis délicatement du silence dans lequel il s'était doucement glissé :

– Quelle voix ?

– Celle de Hervé Grunchec...

Je le corrigeai :

– C'était Matthieu...

– Et moi j'entendais celle du père, cette voix chaude, affirmée, rieuse, toujours prête à interpeller les filles et à ridiculiser certains garçons...

Comme Rosette se taisait encore, je demandai :

– Dont vous étiez ?
– En première ligne !
Rosette ne pouvait plus continuer. Je proposai de le faire à sa place :
– Alors, ce soir-là, vous étiez dans les mêmes brûlures que votre fille. Votre adolescence avait trois voix. C'était trop ! Vous n'aviez pas la force... Il a fallu que l'un d'eux rentre ses mains sous les vêtements de votre fille, que Lola hurle, enfin, toute sa rage et toute sa peur, pour qu'enfin vous trouviez l'audace de vous montrer...
– Et de balancer des ongles et des cris, au hasard...
Rosette n'était plus avec moi. Il errait dans sa mémoire, hagard et fiévreux :
– J'ai vu les yeux de Matthieu... Bleus ! Tout bleus ! Insolents et fiers... La belle tête à claques de son père !
– Alors, vous avez ramassé toutes vos humiliations, les avez entourées d'un poing, d'un gros poing et les avez balancés le plus violemment possible à la tronche de ce minable...
Rosette baissa son regard, frotta ses deux mains l'une contre l'autre et marmonna :

– Je n'ai même pas pu sortir un mot. Ces trois voyous sont partis, en pressant le pas, à peine penauds, nous laissant là, Lola et moi, complètement muets et transis. Figés comme deux moules après une marée... Lola était en larmes. Elle tremblait. De tous ses membres...
Rosette résista à un sanglot :
– Je n'ai même pas été foutu de mettre une main sur son épaule. Tu te rends compte ? Je n'ai même pas été capable de la presser contre moi...
Un long silence s'écoula, chacun se perdant dans ses pensées. Rosette releva ses yeux et me considéra avec un sourire saturé de mélancolie :
– C'est Lola qui t'a dit que j'avais montré les poings ?
Je gigotai nerveusement la tête :
– Non…
Rosette, incrédule, se recula sur son siège. Je m'expliquai, embarrassé :
– En fait, Lola ne m'avait pas dit que...
– Que quoi ?
– Que vous aviez assisté à la scène...
Rosette frissonna et crispa sa nuque. Un éclair d'amour fou le traversa et le brisa. Il fallait qu'il

soit seul : les larmes dont il avait tellement besoin ne couleraient qu'à l'abri du monde...
Je murmurai :
– Je peux monter dans la chambre de Lola ?
Un signe de tête acquiesça. Il était inutile d'en attendre plus. Je pris l'escalier, mollement, et accédai à l'étage. Je poussai la porte jaune. Une feuille d'écolière y était accrochée : *"Je peux mordre quand on me réveille"*... Je souris : Lola devait avoir un sacré tempérament ! Fichue timidité qui, pour l'avoir emprisonnée, devait, chaque jour, la torturer en secret en la condamnant au silence... J'entrai doucement et foulai une moquette bleue. L'enfance avait laissé dans l'endroit toute une étagère de vestiges : des Babar, des Mickey, des Titi et autres Gros Minet... Que de vieilles peluches toutes râpées ! J'imaginais des doigts et des bisous qui, longtemps, avaient joué autour d'elles. Ces vieux souvenirs côtoyaient l'horizon : Lola ne tarderait plus à devenir une femme. Cette chambre était un quai entre deux mers : on y laissait ses premiers jouets pour voguer vers l'avenir. Le voyage ne serait plus très long. Il méritait quand même un guide.

Rôle délicat... Laetitia Casta avait été choisie pour le tenir. La belle s'étalait sur tous les murs et indiquait les courbes à suivre. La route avait des charmes incontestables et, plus elle se dégageait, plus elle charmait la vue... Quelques photos, prises en bord de mer, avaient d'emblée ma préférence. L'une d'elles, vantant l'inutilité du maillot de bain, m'occupa même une belle minute... Une pile de magazines, tous consacrés à la beauté féminine, supportait le radio-réveil. L'heure juste y restait désespérément allumée...
Je m'assis sur le vieux lit, fait de bois massif, et me tournai vers le miroir incrusté dans l'armoire en merisier. J'imaginais Lola : chaque matin, ce devait être le même geste. Mouvement de tête pour découvrir un visage si troublant à mes yeux et si décevant aux siens... Mouvement de tête pour laisser son corps prendre la température de la glace et y remplir des réservoirs de froideur pour chaque nouvelle journée...
Je m'allongeai. J'étais bien. Je me tournai vers l'oreiller et respirai doucement...
Rosette me rejoignit bientôt et me surprit :

– Tu es fatigué ?
Je me redressai : l'élève Zadig Dullac reprenait du service... Comme mon prof m'interpellait, je bafouillai, non sans gémir malicieusement :
– Je ne sais pas... J'ai senti, d'un coup, comme une lassitude...
Rosette s'inquiéta :
– Une lassitude ?
– Oui. J'étais en train de repenser à un de vos derniers cours sur l'Occupation et...
Rosette remua nerveusement ses lèvres. Je souris : il ne devait pas faire attention. C'était plus fort que moi. Il fallait que je taquine... Je me levai et filai vers la petite table qui, dans la chambre, servait essentiellement de bureau. Je saisis les livres qui étaient consciencieusement placés en pyramide. Rosette s'étonna :
– Qu'est-ce que tu fais ?
Je m'expliquai :
– Lola m'a demandé de lui rapporter tout ce qu'il y a sur sa table...
Rosette resta muet un instant, réfléchit, puis s'émerveilla :
– C'est vrai ?

XVI

Merde ! J'étais d'humeur mauvaise. C'était mercredi et je ronchonnais ! Ma bouteille de parfum était quasiment vide : je me vaporisai d'un vent à peine aromatisé...
Ma mère me surprit devant mon bol de chocolat. Elle s'inquiéta :
– Qu'est-ce que tu fais déjà debout ?
– J'ai promis à Grunchec de prendre mon service un peu plus tôt...
– Ton service ? Holà ! Tu t'es bien fait bourrer le crâne, toi, mon garçon...
– Pourquoi ?
– Tu parles comme un cadre moyen...

– Tout le monde ne peut pas être artiste comme toi...
Ma mère, un instant contrariée, préféra poursuivre avec dérision :
– Peut-être... Mais tout le monde n'est pas obligé de rentrer dans le moule...
– Quel moule ? Qui te parle de moule ?
– Toi ! Commence comme ça et demain tu compteras tes points retraite...
– Pour une fois que je fais quelque chose qui me plaît...
Ma mère se planta derrière moi, pencha sa tête contre la mienne et m'enchaîna tendrement dans ses bras :
– Je ne te reproche rien, mon Zad'. Je veux juste te protéger d'un...
– Me protéger ? Mais tout le monde veut toujours me protéger... Il faut arrêter, maman ! J'en ai marre qu'on me prenne pour un yorkshire...
– Un yorkshire ? Pourquoi dis-tu ça ?
– Mais parce que... On me parle tout le temps comme si j'avais un nœud rouge dans les cheveux...
Ma mère me remua gentiment le crâne en pouffant d'un tendre rire...

Dès 8 h 10, j'étais à l'hôpital. Chargé de mon sac à dos, j'arrivai au milieu des cravates et du personnel hospitalier. Grunchec, assis à la cafétéria, devisait gaiement avec une infirmière ; il me vit, agita la main et m'appela. Comme sa compagne de petit déjeuner devait quitter sa chaise, il m'invita à m'y poser. Je refusai. Il m'obligea :

– J'ai à te parler...

Je posai mon sac et pris le siège. On commença par les mots d'usage matinaux. Comme chacun était rassuré sur la santé de l'autre, Grunchec put m'entreprendre :

– Elle est coriace, ta copine...

– Lola ?

– Non, Anaïs... Elle m'a appelé...

– Quand ?

– Hier soir... Cette demoiselle voulait un rendez-vous...

– Un rendez-vous ?

– Rien que ça... Et tu sais pourquoi ? Parce qu'elle voulait comprendre...

– Comprendre quoi ?

– Quel pouvoir avait Lola pour t'avoir aussi radicalement et aussi rapidement changé...

J'ouvris de grands yeux :
– Tu lui as dit quoi ?
– Que j'étais tenu par le secret médical...
– Bien joué...
Le regard de Grunchec s'alluma d'une lueur espiègle :
– Mais que si elle voulait à toute force en savoir davantage sur cette Lola, elle pouvait toujours appeler mon fils...
– Matthieu ?
– Qui se ferait un plaisir de la renseigner...
– Qu'est-ce qu'elle a dit ?
– Elle m'a demandé de bien vouloir lui communiquer son numéro de portable...
– Et tu lui as donné ?
Grunchec fit l'hypocrite :
– Je n'aurais pas dû ?
– Qu'est-ce que tu veux que ça me foute ?
– Je ne sais pas... Mon fils est plutôt mignon... Comme, en plus, il a mon tempérament...
Je gonflai mes joues et laissai péter toute mon indifférence.
Hervé s'enflamma :
– C'est que j'en ai fait, moi, des jaloux quand j'avais ton âge, camarade !

Je voulus me moquer :
– Ah oui ? Peut-être… Tu sais, moi et le paléolithique, ça fait deux...
– Le paléolithique ? Petit crétin !... Je te parle d'une époque encore toute récente ! Celle où je n'arrêtais pas de courir, autant la campagne que le jupon. J'étais connu ! Dès que je passais, on faisait rentrer les filles. J'étais le vilain renard : on craignait pour ses poules... Et on avait raison ! Parce que j'en ai plumé, de la volaille, moi, mon garçon... « La terreur de la basse-cour » qu'on m'appelait ! Sitôt dans le foin, je ne touchais plus la paille. Ah ! Pour ça, j'en ai moissonné du bas-ventre... Une vraie machine agricole ! Alors si je te dis que mon fils est pareil, je comprends que tu puisses te faire du souci...
Je répondis sans bouger :
– Eh bien, sois tranquille ! Je ne suis pas inquiet du tout ! Et si je devais l'être un peu, ce serait juste pour Anaïs...
– Pourquoi dis-tu ça ?
Je me levai et fus aussi mystérieux que définitif :
– Parce que tu l'as dit, bouffi ! Matthieu a ton tempérament...

Je récupérai mon sac et filais déjà vers l'ascenseur. Hervé me rattrapa :
– Ça veut dire quoi, ça ?
Je m'arrêtai et retins Hervé par le bras :
– Regarde...
Le fils Grunchec faisait justement son entrée, splendide comme à son habitude, avec les manches d'un pull négligemment roulées autour du cou. Il portait un sac de cours et avançait d'un bon pas. J'interrogeai le papa :
– Tu sais où il va ?...
Hervé était sûr de lui :
– Dans mon bureau. Tous les matins, il passe. Il adore son père. Et, comme en plus, il ne crache pas sur les blouses blanches...
– Et son sac ?
– Quoi, son sac ?
– Tu sais où il va finir ?
Grunchec ne comprit pas... Je lui lançai avec une autorité qui, en secret, m'amusa :
– Alors suis-moi.
Grunchec prit mon pas. Je l'accélérai en choisissant les escaliers. Quand Matthieu sortirait de l'ascenseur, nous serions déjà en poste. Lola m'avait tout expliqué : désor-

mais, son fidèle complice changerait chaque jour de planque et, dans chaque nouvelle offrande, serait précisée la cachette du lendemain...
Ce matin, la douche du couloir central serait celle-ci. Il n'y avait pas à traîner. On courut. Sitôt arrivé à destination, j'attrapai et enfermai Hervé dans la cabine de douche. Il protesta :
– Non mais ça ne va pas...
– Tais-toi... Il va débouler d'un instant à l'autre...
– Qui ?
– Ton fils !
Je tirai le rideau pour nous cacher.
– Mon fils ?
– Chut !
Un bruit confirma mes prédictions. Hervé se tendit et écouta avec une attention toute particulière. On vidait un sac pour remplir une poubelle. C'était le moment ! J'ouvris nerveusement le rideau... Matthieu, penché sur sa tâche, sursauta, se figea et pâlit. Je souris :
– Salut...

Il se releva, doucement, et, découvrant son père dans mon dos, il balbutia :
– Qu'est-ce que vous fichez là ?
Je savourai :
– À ton avis ? On fait notre toilette... Avec ton père, c'est comme ça : il y a retour au droit de cuissage ! Aujourd'hui, c'était mon tour...
Hervé m'écarta avec une autorité soudain brutale. Il voulut savoir :
– C'est quoi, ce sac ?
Matthieu bredouilla :
– Ah ! Ça... Rien ! C'est des restes...
– Des restes ?
– Oui, d'un gâteau... Je m'en débarrasse avant de filer en cours...
Hervé s'approcha de la poubelle, saisit le sac, l'ouvrit et vérifia. Il releva ses yeux sur Matthieu :
– Tu m'expliques ?
Les Grunchec s'affrontèrent du regard. Puisque l'un avait décidé de ne rien dire à l'autre, je fis mon numéro :
– Laissez-moi deviner... Je dirais qu'aujourd'hui nous avons une balance et six citrons... C'est bien ça ?

Hervé me lança cet œil qui oblige toute personne raisonnablement courageuse à continuer dans les meilleurs délais. Je m'exécutai. Pour cette fois, c'était très volontiers...
– Une balance et six citrons ! Actuellement, sur le marché de l'anorexique, c'est précisément le prix du silence...
– Quel silence ?
– Celui que ton cher fils a demandé à Lola de garder en échange de quelques menus services...
Matthieu me cracha son plus mauvais regard :
– De quoi tu te mêles, toi, sale nain ?
J'infléchis ma voix dans les tonalités les plus angéliques :
– De la santé des patients de ton père, mon petit Matthieu... C'est ma mission. Alors, qu'est-ce que tu veux ? Comme je suis très discipliné, moi, je donne des coups de main du mieux que je peux...
Hervé considéra longuement son fils : j'allais sortir. Ensuite, ils s'expliqueraient. D'homme à homme ! Et Matthieu aurait tout intérêt à ne rien lui cacher. Hervé avait pour l'instant une seule et dernière question :

– Et le tambourin ?
Matthieu restait muet. Je m'interposai, intrigué et ravi :
– Quoi, le tambourin ?
Hervé s'irrita un peu plus :
– Oui, dans ce putain de sac, pourquoi y a-t-il aussi un tambourin ?

XVII

Le sourire de Lola avait la lèvre lourde. Sa bouche restait sublime, mais un ver était dans le fruit. Une amertume pesait sur sa douceur. Elle avait le cœur gros et son visage en affichait le poids. Je chuchotai ; devant une telle fragilité, on ne pouvait que chuchoter :
– Tu as bien dormi ?
Une petite moue, à peine sonore, me répondit. Je m'inquiétai :
– Ça va ?
Les paupières battirent pour me rassurer. Quelle mauvaise fée avait pu approcher la belle pour la plonger dans une telle neurasthénie ? Lola était la princesse de

polystyrène : taillée pour protéger les autres, elle se marquait au moindre impact. Le plus minuscule des incidents laissait une vilaine trace...

Je posai mon sac à dos et en offris le contenu : un lot de livres scolaires, tous plus rébarbatifs et scientifiques les uns que les autres... Je plaçai le tout sur le ventre de l'émouvante lycéenne. D'emblée, elle les saisit avec une vibration et une exaltation étranges. Un peu de sa maison revenait à ses sens : elle voyait sa chambre, touchait son bureau, respirait ses murs, entendait le silence et goûtait au jus d'orange paternel. Elle ouvrit un des livres et le feuilleta avec une incroyable mélancolie.

Je demandai :

– Tu vas réviser ?

Lola me regarda avec un sourire tendre :

– Puisque je n'ai rien de mieux à faire...

Je m'indignai de sa façon de considérer ma présence :

– Je te remercie...

Les yeux de Lola se couvrirent doucement de buée. Elle tenta pourtant de sourire :

– J'ai prévu de commencer demain...

Je frémis, souris à mon tour et bafouillai :
– Ça m'étonnerait...
– Pourquoi ?
– Parce que je vais revenir, tiens ! Crois pas que tu vas te débarrasser de moi comme ça...
Lola réagit, défiant malicieusement sa tristesse :
– Tu vas te transformer en visiteur, mon petit coco. Ma porte va se refermer...
– Eh ben, je la forcerai !
– En la poussant de l'épaule ?
– Bien sûr !
– Ça ne va pas, non ? Tu t'assommerais sur la poignée !
Mon air pincé inspira un éclat de rire. Lola laissa jaillir tout ce plaisir bouillonnant qu'elle avait un instant tenté de bloquer derrière ses lèvres. Elle n'était pas peu fière : sa blague avait atteint sa cible en plein amour-propre. Les grands humiliés ont le goût de la vengeance...
Secoué par le rire, un livre tomba et laissa, sur le sol, dépasser un marque-page. Je le ramassai : c'était une photo. Je me reculai tout en roucoulant :

– Hum ! Il est beau, hein ?
– C'est qui ?
– Comme si tu ne le savais pas...
– Donne !
Je regardai Lola en minaudant :
– Alors, comme ça, mademoiselle a des photos de Matthieu...
– Donne, je te dis !
– C'est que mademoiselle est amoureuse...
Lola cria :
– Donne !
Je n'étais pas peu fier de moi : la nervosité de la belle était le plus éclatant des aveux. J'en avais compris assez : je lui rendis son précieux bout de papier...
Lola rumina et, crachant d'abord par l'esprit, finit quand même par éructer :
– Tu es vraiment un couillon, toi...
La photo avait quelques années... Un homme et une femme étaient sous un parasol, au bord de l'océan, au milieu des rochers. Lui tenait un livre, elle jouait avec une fillette. Je demandai, dans un reste de rictus satisfait :
– C'est tes parents ?

Lola fut glaciale et m'asséna du tac au tac :
– Bah non ! Tu vois bien... C'est Matthieu sous la douche...
J'étais sûr que cette fille était folle ! Sous ses ronces, son jardin n'avait sans doute que des couleurs et des exubérances... J'étais séduit ! Pourquoi l'aurais-je caché ? J'étais sur le cul !
Cette Lola arrivait de cette planète dont je croyais être jusqu'alors le seul et unique survivant... Je ris ! Elle comprit. Elle aussi était touchée. Nos yeux venaient, sans le vouloir, de se croiser. Et de se l'avouer... J'en avais profité pour prendre un engagement : Lola serait heureuse, coûte que coûte.
Heureuse, avec ou sans moi. Heureuse et vivante. D'abord et surtout vivante... Debout ! Dans toute sa dimension que quelques timidités avaient d'abord voulu vaincre... Il fallait qu'elle arrête ! Elle était trop précieuse... Qu'elle arrête de se mettre sur les doigts de pied devant l'importance des autres, parce qu'au contraire, vu sa beauté, sa fragilité et sa sensibilité, elle devait

se courber, de peur de se cogner et de se salir...

La porte de la chambre s'ouvrit brusquement. Matthieu parut, pâle et tendu, portant son sac... Lola replia ses doigts sur ses draps. C'était plus fort qu'elle ! Sitôt qu'elle voyait le monstre, sa mémoire l'étranglait. Matthieu me cribla d'œillades noires et tranchantes. Je ne bronchai pas. Il se tourna bientôt vers Lola :

– Voilà. Je t'amène tes petites courses. Ce sera les dernières... Mon père est au courant.

Je m'interposai :

– De tout ?

Matthieu, ne quittant plus des yeux sa victime, murmura entre ses dents :

– Ton nain a été tout balancer... Alors, maintenant, démerde-toi. Et raconte ce que tu veux, j'en ai plus rien à foutre ! De toute façon, quand tu sortiras, je serai loin. Je suis déjà inscrit sur Paris pour l'an prochain...

Il fouilla son sac. Tout avait été enlevé, sinon le tambourin. Il le prit, me regarda, me fit un magnifique sourire, puis lança à toute volée un poing dans la toile : il creva l'instrument, d'un

coup, et le jeta négligemment sur le lit. Il se tourna et tonitrua :
– Bonne journée, les petits jeunes...
La porte claqua. Lola tressauta et laissa une boule de larmes éclater sur ses joues. Elle était en feu. Chaque violence la ramenait sur le ring de ses souvenirs.
Je m'approchai, doucement, m'assis près d'elle et lui proposai mes deux bras pour en faire le coin du soigneur. Elle s'y abandonna, péniblement, secouée de spasmes et sanglée de raideurs. Sa tête vint se caler sur mon épaule...
Je n'osais plus bouger. Je chuchotai :
– C'est fini, Lola. Je te promets : tout ça, toute cette violence-là, c'est définitivement fini...
Elle calma sa respiration, maîtrisa ses sanglots et, regardant le tambourin crevé, marmonna :
– C'était pour toi...
Même si je m'en doutais, je fis semblant de découvrir l'objet :
– Pour moi ?
– Oui. Pour te remercier...
Le temps, sans s'être complètement arrêté, semblait avoir perdu sa vitesse habituelle. Tout

se figeait irrésistiblement dans le velours et le moelleux. Je chuchotai :
– De quoi ?
– De ces trois jours... C'était très...
– Très ?
– Agréable...
Elle se redressa, attrapa l'instrument et me l'offrit :
– Je suis désolée...
Je saisis le tambourin et le remuai vaguement. Je déposai un baiser sur la joue chaude et humide de Lola :
– Merci... Je suis très touché...
La belle ferma les yeux. Je précisai :
– Ne t'inquiète pas ! On va le remplumer, va... Je vais lui changer la toile : demain, il aura un ventre tout neuf...
Lola eut un léger frisson dans un soupir discret. Elle monta délicatement une main sur une des miennes et l'agita, exactement comme on caresse un chat. On ne bougea plus. C'était tout chaud. Thermostat douze. Un rond de lumière nous entoura : deux croissants étaient au four...
Le bonheur était impatient de les croquer. En

attendant, la cuisson méritait une musique. Je sortis mon MP3. Je plaçai un écouteur dans l'oreille de Lola et un autre dans la mienne. Murray Head. *Say it ain't so...* Plein volume. Un MP3 pour deux ! Et la douceur tout au milieu...

XVIII

Une infirmière vint me prévenir : Hervé Grunchec m'attendait dans son bureau. Lola voulut me retenir :
– Tu vas te faire embobiner...
– Pourquoi ?
– Mais parce que... Tu es trop gentil... Reste avec moi...
Elle s'agrippa à mon bras. Je protestai dans un sourire :
– Il m'attend...
– Je suis sûre qu'il va tout faire pour protéger son fils...
– Mais non !
– Reste !

Lola avait pris une voix dolente et aiguë. J'échappai à sa poigne dans un rire à la fois inquiet et moqueur. Que redoutait-elle tant ? Elle avait des angoisses et des gravités qui, toujours émouvantes, pouvaient mettre mal à l'aise... Elle insista, détournant les yeux :

– Je suis sûre qu'il va te reparler d'Anaïs...

Je m'arrêtai un instant et demandai :

– Pourquoi veux-tu qu'il me... ?

Elle me coupa :

– Il est venu me voir hier soir... Exprès !

– Exprès ?

– Exprès pour m'expliquer qu'elle l'avait appelé...

– Et alors ?

Lola se tendit : ses sourcils se froncèrent et sa bouche se fripa. Elle avait peur. De quoi ? L'énigme était posée... Elle lançait sur moi un regard obstiné. Je la rassurai :

– Tout va bien, Lola. Je te promets. Sois tranquille. Repose-toi. Je reviens tout de suite...

Je filai vers le boss, le cœur battant, sûr de laisser derrière moi celle que j'aurais désormais toujours à mes côtés. Je frappai. On m'invita à entrer. Je m'assis :

– Alors ?
– Je pars pour une opération...
– Ah ?
– Oui. Je ne te reverrai peut-être pas...
– Merde ! Tu veux que je te laisse mon numéro de portable ? On se rappelle et on mange ensemble ? Tu fais quoi au Noël prochain ?
Grunchec me planta de ces yeux qui vous classent aussitôt dans le quartier des bouffons. Placide et froid, il proféra :
– Je voudrais surtout que tu prennes soin de toi...
Je me reculai sur mon siège :
– Pourquoi tu me dis ça ?
– Parce que je t'ai regardé évoluer avec Lola. Tu as fait du bon boulot. Du très bon boulot. La psy même me l'a dit : « Le sujet reste paranoïaque, mais, pour le reste, ça va nettement mieux... » J'imagine que tu y es pour quelque chose...
– Merci...
– Seulement, j'ai peur que tu te sois fatigué...
– Fatigué ?
– À vouloir remettre en service le cœur de l'autre, c'est souvent le sien qu'on finit par

exposer... Et aujourd'hui, le tien m'a l'air atteint...
Je pouffai :
– Atteint ? Non mais tu...
– Ton œil est terne, tes cernes sont mauves... Non, vraiment, tu m'inquiètes...
J'étais consterné et cherchais la vérité au milieu du filet dans lequel on m'emmêlait avec un rictus savamment travaillé... Grunchec profita un instant du spectacle qu'il créait sur mon visage et reprit :
– Enfin, bref... Je ne me sens pas tranquille de te laisser retourner au collège dans cet état-là...
Il me tendit une enveloppe :
– Tiens...
Il ouvrit une bouteille de bière :
– On partage ?
– C'est quoi ?
– Une Pelforth blonde...
– Non ! Cette enveloppe ?...
– Un arrêt maladie ! J'y explique que la sagesse veut que je te garde trois jours encore en observation dans mon service... Après, on enchaînera sur les vacances de printemps :

tu auras tout ton temps pour te remettre définitivement d'aplomb...
Je me levai :
– Tu veux dire que... ?
– Que, si tu le souhaites – et si tu le souhaites seulement – tu peux être à ton poste demain matin dès neuf heures... Oui, monsieur !
Je me jetai sur Grunchec, me prosternai à ses genoux, lui embrassai les mains, poussai un cri, me relevai et filai à toutes jambes vers la chambre 314. Croisant quelques infirmières, je ne pus m'empêcher de les saluer :
– Ravalez vos larmes, les filles : finalement, je ne pars plus...
Je sautai et claquai mes talons. Je chantai. Une infirmière râla et s'exclama :
– Oh ! Tu te crois où ? Il y a des malades, ici...
J'attrapai au passage le plateau du déjeuner et entrai chez Lola avec l'entrain d'une abeille dans un cœur de pollen. J'étais bien décidé à butiner la nouvelle et à en faire tout mon miel. Je posai le repas et interpellai Lola :
– Devine...
Lola, assise dans son lit, ne m'accorda aucun regard et continua des travaux d'écriture. Elle

finissait de noircir une feuille, rapidement, enchaînant les mots les uns après les autres, avec une autorité et une vitesse qui me surprenaient autant qu'elles m'agaçaient.
– Tu m'écoutes ?
Elle signa, se relut, plia son papier et le rangea délicatement dans une enveloppe. Elle sortit sa langue et fit le collage approprié à son désir. Elle n'en avait plus qu'un : faire de moi son facteur. Elle me tendit son œuvre et, ignorant mes sourires et ma gaieté, me lança :
– Tu pourras donner ça à mon père ?...
Je saisis négligemment l'objet de ma mission et m'assis au côté de la belle indifférente :
– Je viens de voir Grunchec...
Elle m'asséna avec une froideur que son père n'aurait sans doute pas reniée :
– Et alors ? Il va bien ?
Le temps avait singulièrement changé : l'été dont j'avais cru voir l'aube avait tourné au vent d'automne. L'hiver revenait en force. J'étais en pleine rafale et ne comprenais plus... Avais-je le droit de me plaindre ? Elle était la reine ; j'étais le troubadour. J'avais charge de ramener le soleil au palais :

– Lui va bien. Très bien ! C'est moi qui connaîtrais quelques faiblesses...

Lola tourna sur moi un regard vaguement inquiet. Il fallait que je m'explique. Je le fis, non sans me tendre dramatiquement :

– Grunchec m'a ausculté…

– Pourquoi ?

– Il trouvait que j'avais l'œil mauve...

– Mauve ?

– Il a écouté mon cœur, a balancé quelques mots savants et a finalement jugé bon de m'arrêter…

Lola remua une joue et pinça bientôt ses lèvres dans une moue indignée :

– J'en étais sûre...

Je restai dans mon délire :

– Il voulait m'hospitaliser. J'ai refusé ! Il m'a dit que, si je voulais rentrer chez moi, il fallait qu'au moins j'accepte de ne plus aller au collège pendant quelques jours...

– Quel salaud !

– On appelle ça faire jouer le principe de précaution...

– On appelle ça, surtout, embobiner une poire...

– Une poire ?
– Toi !
La réponse me cingla. Lola ne daigna même pas s'adoucir :
– Tu es trop naïf, Zadig… Tu ne comprends donc pas que tu te fais manipuler...
Je répliquai sèchement :
– Ça t'arrive d'être positive ?
Lola baissa le regard et tourna ses yeux. Mademoiselle était vexée ! Cela faisait cinq minutes qu'elle me considérait comme une fiente de moineau et elle aurait encore voulu que je lui picore dans la main.
– Qu'est-ce qu'il y a, Lola ? Qu'est-ce que j'ai fait ? Depuis que je suis revenu, tu m'agresses...
Une voix souillée d'angoisse marmonna :
– Je ne t'agresse pas...
– Ah non ? Tu fais quoi ? Tu me chantes « La Vie en rose » ? Excuse-moi ! Mais si c'était un hommage à Édith Piaf, il faut absolument que tu révises ton solfège...
– Eh bien sors, si je t'insupporte !
Je protestai doucement :
– Je n'ai pas dit ça...
– C'est bien pourtant ce que j'ai compris !

Lola remua énergiquement et s'allongea sur ce côté qui mettait son dos en point final. Une morsure inconnue vint me tordre à la poitrine. J'étais lourd et gêné. Qu'avais-je pu dire pour raviver aussi intensément les flammes intérieures de Lola ? Je repris, mal à l'aise, avec une voix bizarrement pâle :
– Je ne voulais pas te...
Les mots s'étaient taris. Ma rivière à sourires ne coulait plus. Le silence balançait ses cailloux et les roulait un à un. Une petite voix, aussi douce que plaintive, revint en surface :
– Pardonne-moi...
Je voulus rire :
– De quoi ?
Un bref sanglot secoua Lola. La malheureuse ne cessait plus de se recroqueviller. Je m'inquiétai :
– Ça va ?
Je n'eus aucune réponse. Je cherchai dans ma trousse à fantaisie un remède ou un baume. Rien ne venait. Je ne réussis bientôt qu'à dire :
– Tu sais, si tu préfères que, demain, je ne revienne pas, il te suffit de...

– Non...
J'étais dans la brume : que devais-je comprendre ? J'attendais une précision. Elle ne vint pas. Je la réclamai du bout des lèvres :
– Non ? Tu veux dire que... ?
Lola se tourna douloureusement vers moi. Le silence me parut particulièrement long et pénible. Ses yeux, sombres et fixes, se plongèrent dans les miens :
– Je suis désolée, Zadig. Il ne faut pas m'en vouloir. J'ai adoré ces trois jours qu'on vient de passer ensemble. Adoré... Mais...
Je balbutiai :
– Mais ?
– Mais je voudrais que tu me laisses maintenant...
Ma voix devint aiguë :
– Pourquoi ?
– Je suis fatiguée...
Elle me sourit et trembla tout en même temps :
– Je te remercie, tu sais... Beaucoup. Pour tout...
Les mots étaient lourds. Elle les martelait à la façon de ceux qu'on met en conclusion... Elle en ajouta :

– Si tu savais comme je me sens moche, grosse...
– Grosse ?
– Inutile...
– Pourquoi tu dis... ?
– Laisse-moi, Zadig ! Si tu veux vraiment me faire plaisir, laisse-moi...
– Mais ton plateau ?... Je suis obligé de...
– Je vais te le manger, ton plateau ! Ne t'inquiète de rien ! Tu n'auras aucun ennui. Mais laisse-moi...
La voix de Lola était plaintive. Je ne pouvais en douter : ma présence la blessait. Il fallait que je dégage. Vite ! Je récupérai le tambourin. Je tergiversai des pieds. Dans quel sens devais-je aller ? Je pris celui de la porte. Je lançai :
– A demain ?...
Lola était immobile et muette. Désespérément et définitivement muette. Un minuscule sourire éclaira son visage. Elle était d'accord : on se verrait demain… J'avais hâte de retrouver l'ascenseur. Je m'y précipitai. Ma prière secrète fut exaucée : il n'y avait personne. Sur quelle touche appuyer ? Le rez-de-chaussée

était mon habitude : je choisis le sous-sol. Niveau moins deux... Les portes s'ouvrirent. Je sortis et fis quelques pas nerveux... Une brûlure étrange me secoua le ventre : des larmes jaillirent. Malgré moi. Incroyable ! Je chialais. Comme un enfant... Mes parents m'avaient tout appris. Tout ! Même que mon père m'avait dit : « Tu verras, mon Zad' ! C'est à son premier chagrin qu'on prend conscience de son premier amour... » Tout ! Sauf ça ! La douleur, violente, profonde et intime, de partir en sanglots...

XIX

Rue des Iris. Je sonnai. Je regardai mon doigt presser le petit bouton. Réveil-mémoire... Comment avais-je osé ? Insolent d'enfance et de confort, j'avais remué les aigreurs de Rosette. J'étais venu dans sa nuit blanche rajouter de l'encre noire sous sa plume à cauchemars... Il m'en devait des pages, ce pauvre Rosette ! Des pages à son roman raté... J'aurais voulu lui dire doucement, même joliment, que j'avais des blagues sur la conscience et des remords plein mon humour. Je m'étais cru drôle : j'avais un public... J'étais si attentif aux rires des autres que j'avais ignoré ses douleurs. Soudain, je comprenais... J'aurais voulu lui dire, en fait, que le chagrin rendait intelligent et qu'avec Lola comme professeur j'aurais sous peu ma place chez les esprits les plus brillants...

J'aurais voulu lui dire, mais il n'était pas là. Alors j'entrai dans son jardin, posai l'enveloppe sur son paillasson et m'éloignai, en prenant tout mon temps et en espérant dans chaque passant la silhouette d'un professeur principal...

Quand j'arrivai chez moi, 'Naïs avait déjà sonné. Elle attendait l'ouverture de la porte. Je la surpris :

– Salut...

Elle se tourna, m'ausculta rapidement de son œil rigoureux et me fit un sourire amical :

– Tu vas bien ?

Je fis semblant d'être aussi gai qu'à l'habitude :

– Et toi ? Ton stage est fini ?

– Depuis une heure ! Alors je vais fêter ça...

Je m'étonnai :

– Chez moi ?

– Non. J'ai rendez-vous...

Un pincement sournois me serra discrètement la gorge. Anaïs triomphait ! Elle enchaîna :

– Je voulais juste, en passant, te rendre ton CD de Murray Head...
– Ce n'était pas pressé...
– Depuis le temps que je devais le graver...
– Ça a marché ?
Elle me le tendit en acquiesçant mollement de la tête et d'un sourire.
– Je suis désolée, tu sais...
Récupérant mon bien, je m'informai :
– De quoi ?
– De ce que j'ai dit de ta copine... « Sac d'os » et tout ça... Je crois que c'est surtout une pauvre fille, mal dans sa peau, complètement dépressive et parano...
Je me crispai malgré moi :
– Tu crois ou tu as mené l'enquête ?
Anaïs eut son petit sourire en coin. Elle me considéra avec son œil habituel, à la fois séducteur et maternel :
– En tout cas, protège-toi : c'est dangereux, les dépressifs ; ça tire à soi et ça entraîne vers le caniveau...
– Le caniveau ? Rien que ça ? Eh ben, si je croise Gavroche, je te fais signe... Avant, tu l'adorais !

Anaïs eut un mouvement de bouche pour trouver ridicule ma réplique :
– Pourquoi dis-tu « avant » ?
J'eus l'œil fixe et, tentant de rester impassible, je m'avançai vers ma porte :
– Je t'invite pas à rentrer ?
– On m'attend...
– Belle fin de journée...
Ce fut plus fort que moi. Je ne pus m'empêcher d'ajouter dans un ton ampoulé :
– Mes amitiés à Matthieu...
Le dos d'Anaïs me lança :
– Je n'y manquerai pas...
Je rentrai, m'enfermai dans ma chambre, pris ma guitare et fis entendre autant ma rage que Murray Head...
Je fus appelé pour le dîner. On ouvrit une bouteille de champagne... Mon père venait de signer un nouveau contrat chez son éditeur et ma mère de terminer un triptyque qu'elle avait entamé depuis plus d'un an. C'était fête à notre table où un énorme plateau de fruits de mer venait d'être servi. On m'interrogea sur ma journée. Je restai évasif et profitai de l'ambiance pour évoquer la suite des

événements : mon stage était prolongé…
Mon père ricana sur les hôpitaux :
– C’est ce qui s’appelle avoir du personnel bon marché…
Ma mère était ravie : je pourrais, chaque matin, dormir un peu plus longtemps…
Alors que les assiettes se remplissaient de coquilles vides, la mienne était à peine salie. On s’inquiéta. Je n’avais pas faim. D’ordinaire, j’adorais les huîtres…
– Oui, mais là, j’ai pas faim !
Mon père, légèrement grisé, se moqua :
– Eh ben dis donc… Heureusement que tu ne fais pas ton stage dans un zoo… Quand on voit les répercussions qu’a ta petite protégée sur ta façon de te tenir à table… Tu imagines si on t’avait mis gardien de singes ?
Je levai un œil triste et consterné sur l’homme qui, quatorze ans plus tôt, m’avait fait :
– Tu peux être lourd, papa, tu sais. Très lourd...

XX

Jeudi 3 avril. Ma maison sentait le tabac froid. Mes parents dormaient encore... J'avais comme une écharde dans le cœur, de celles qui, dans un pied, empêchent de bien marcher. J'avais besoin d'air. Sans rien boire ni manger, je sortis et décidai de m'aventurer par la côte. Je fuyais le cœur de la ville : j'espérais ne croiser personne et profiter d'un décor immobile. Quelques bateaux, éclairés d'un soleil pâle, tanguaient à peine tandis qu'au loin, sur l'île Tristan, des stores rouges, se gonflant et remuant, dénonçaient de vagues rafales de vent. J'avançais en enfonçant mes mains dans les poches et fredonnais ma chanson préférée.

Ma Bretagne était belle ! Et comme elle sentait bon...
Mon portable bipa. J'étais bien décidé à ignorer le message. Ce serait Anaïs. Forcément... Je regardai nonchalamment l'écran. Le nom de Rosette apparut... Ce type était décidément incroyable ! Il osait m'apostropher par SMS. Je lus : *J'ai bien eu la lettre. Merci. Bon courage pour la reprise... Heureuse nouvelle ! Tu ne me verras pas aujourd'hui. J'ai la grippe...*
Ce cher papa était content : il avait eu son petit courrier... Qu'est-ce que Lola avait bien pu y confier ? Je revoyais ses yeux, droits et durs, figés et décidés. Elle avait parfois une prunelle si froide que son œil semblait être à cran d'arrêt... L'hôpital était en vue. J'entrai, saluai les quelques personnes dont je m'étais fait des connaissances et me calai dans l'ascenseur. Déco jaune et plantes vertes. Troisième étage... L'habitude aurait dû rendre ma situation épouvantablement banale : mon cœur battait plus à cette heure que la toute première fois... Le service cardiologie avait l'air tout en ébullition : ça gigotait dans tous les sens et les

visages étaient tendus. Je m'informai. On m'ignora. J'insistai. On finit par m'expliquer que la nuit avait été agitée et qu'à l'aube on avait dû alerter deux familles que le pire était arrivé… C'était la première fois que j'étais confronté à la mort d'aussi près ! J'en voyais les effets et en mesurais les traumatismes : même les infirmières les plus revêches avaient l'air aussi affectées qu'abattues. Pourtant, la vie continuait, avec son lot de médicaments à donner et de petits déjeuners à servir... Je voulus aider. J'entendis :

– Ce n'est pas le moment...

Je fus blessé. Intimement... Étais-je à ce point puéril que je ne pouvais être d'aucun secours ? Je m'imposai :

– C'est le plateau de Lola ? Laissez-moi au moins prendre celui-là...

Sans doute perçut-on ma blessure. On me sourit, plus chaleureusement qu'on ne l'avait jamais fait :

– Vas-y...

Je fus touché et, malgré moi, je l'exprimai :

– Merci...

J'arrivai à la porte 314. Je frappai, fébrilement,

attendis et, n'entendant rien, entrai le plus doucement possible. Tout était calme. La porte de la salle de bains était ouverte. J'avançai pour découvrir le lit : Lola y dormait, couverte entièrement de son drap. Un mauvais pressentiment accéléra ma respiration. Je posai le plateau et avais déjà compris : je soulevai les voilures pour me retrouver face au lynx, au fameux lynx que Lola avait remisé, puis ressorti pour l'occasion...
Merde ! Elle était partie ! C'était sûr ! J'ouvris ses armoires : ses affaires et son sac avaient disparu. La salle de bains était vide. Il n'y avait pas à réfléchir : Lola avait fugué ! Cet air défait de la veille au soir, ce courrier adressé à son père, cette grippe qui, soudain, venait, lui, le coucher... Tous les plus récents souvenirs ouvraient des points d'interrogation et battaient des ailes dans mes pensées.
Et Matthieu ? Pouvait-il être responsable d'un tel départ ? Il fallait que j'aille voir Hervé ! Je frappai à sa porte. On me prévint qu'il venait à l'instant de rentrer chez lui et qu'il l'avait bien mérité. Les infirmières continuaient de s'agiter. C'était un cortège

de fourmis s'affairant dans une tranchée. J'en interpellai une :

– Lola...

– Quoi ?

– Lola a disparu...

On me jeta un œil agacé et maugréa :

– Bien sûr ! Et moi je suis une grenouille...

– Mais je vous jure !

XXI

Le phasme, en fait, avait la puissance d'une pelleteuse : Lola avait creusé dans ma vie un trou immense. Son départ me poussait au fond et rien ne me faisait remonter : Rosette avait déconnecté son portable. Je ne tombais chaque fois que sur son répondeur. Quand j'arrivai chez lui, j'étais face à des volets clos. Sa voiture n'était plus à sa place. Le père et la fille avaient quitté la ville. Et la ville entière m'en voulait... Enfermé dans ma chambre, j'entendais son bruit sourd : on jacassait sur mon cas. Enfant insouciant, j'avais précipité la chute d'une malheureuse jeune fille. J'en étais convaincu : j'avais failli à ma mission.

Le téléphone sonna. Mes parents m'appelèrent : Grunchec était au bout du fil... Il était furieux :
– Tu le savais. Avoue-le... Je suis sûr que tu le savais.
– Quoi ?
– Que Lola allait filer... Et moi, brave cloche, je t'ai signé un papier...
Il se tut un instant, puis reprit :
– Où l'as-tu mis, cet arrêt ?
– A ton avis ? Pas dans l'eau du port !
– Où ?
– Dans la boîte du collège !...
– Bien sûr ! Comme ça, tu gagnes sur les deux tableaux : tu es ni à l'école ni à l'hosto... Tu es un bel escroc, toi, quand même...
– Je te jure que je ne sais pas où est Lola !
– Ben voyons...
– Et Matthieu, lui, il n'aurait pas... ?
– Laisse mon fils en dehors de tout ça !
Grunchec avait peur. Dès qu'il avait raccroché, j'avais eu cette conviction : le grand ponte avait la tremblote. Sa réputation était engagée... Et sa responsabilité, aux yeux de ses pairs, ne ferait aucun doute ! C'était étrange : les

remous intérieurs des adultes commençaient à devenir des sons. Ils n'avaient jusqu'alors été qu'un bruit diffus et étranger. Mon intuition leur donnait depuis peu du vocabulaire et du sens. A croire que leur langage devenait doucement le mien... Du coup, je trouvai des mots. Il fallait que je les écrive...

Lola... Comment te dire ? C'est si fort ce que j'ai vécu en te rencontrant que je ne pourrai jamais vouloir que ton bonheur. Alors, voilà : je suis là, pas loin, aussi discret que ton incendie intérieur le réclame, mais prêt à tout pour toi si jamais tu le veux...

Ne crains rien : jamais je ne te jugerai ni t'en voudrai. Un mot de toi et je disparais. A tout instant... Promis ! D'accord ? Alors, on fait comme ça : si tu as besoin de moi, tu m'appelles. Et si tu ne veux plus avoir de mes nouvelles, tu me le dis. Dans tous les cas, je comprendrai...

Je t'aime. C'est comme ça... Et libre à toi d'en profiter...

Mais, de toute façon, tu as raison : tu as fait le bon choix. Il fallait te sauver ! Ton bonheur est forcément derrière la porte de la chambre 314.

Tu l'as franchie. Bravo ! Tu es au jardin. A ton cœur maintenant de décider de la façon de le décorer... Et je suis sûr qu'il a la main verte ! Tu as plein de fleurs à planter : ne les laisse pas faner sous le couvercle de ta trouille...

On frappa à ma porte. Je râlai :

– Quoi ?

Ma mère dit d'une voix embarrassée :

– Anaïs veut te parler...

Je m'inquiétai :

– Elle est là ?

– En bas...

Ma mère, n'entendant aucune réaction, enchaîna bientôt pour demander :

– Elle peut monter ?

Je lançai d'une voix molle :

– Si elle veut...

Je rangeai papier et stylo, bondis hors de mon lit, attrapai ma guitare, m'assis sur la moquette et improvisai quelques accords...

La porte s'ouvrit... Anaïs posa son sac de cours et avança vers moi :

– Salut...

Elle se pencha et m'embrassa une joue. Je questionnai :

– Tu arrives du collège ?
– Oui… Et toi ? Tu es malade ?
– La grippe...
Anaïs s'inquiétait déjà :
– Tu as attrapé ça à l'hôpital ?
Je marquai mes distances :
– Précisément...
– Mon pauvre bébé... Tu as l'air tout fiévreux...
Ma froideur ne la dérangeait visiblement pas. Elle s'assit auprès de moi, tendre et enjouée. Elle prit sa voix la plus douce et sucrée :
– Je voudrais m'excuser...
– Pour ?
– Le ton que j'ai choisi ces derniers jours. Avec toi... J'étais jalouse. Froissée. Je ne comprenais pas que tu puisses t'intéresser autant à Lola...
Je restai morne. Et sec...
– Et maintenant ?
Anaïs s'entêta à sourire et murmura :
– Maintenant j'aimerais qu'on oublie tout...
– Tout quoi ?
– Ce qu'on a pu se dire, sans y penser, juste par orgueil et contrariété...
Anaïs colla ses lèvres et joua avec, aussi

joliment que nerveusement. Elle leva ses yeux et me regarda avec une douceur mutine. Elle attendait une émotion. Je n'en eus aucune. Elle mit sa main dans sa poche et en tira une lettre :
– On m'a donné ça, ce midi...
– Qui ?
– La secrétaire du collège. Elle m'a demandé de passer... Je pensais que ce serait pour nos feuilles d'orientation, en fait, c'était pour me remettre cette enveloppe. Rosette la lui avait confiée. A l'aube...
Anaïs prenait tout son temps. Elle précisa :
– Elle et lui sont voisins...
– C'est quoi ?
– Une lettre...
– De Rosette ?
– Non, de sa fille...
– Pour toi ?
Anaïs, émue et câline, me tendit l'enveloppe :
– Lis...
Mon regard fut aussitôt fasciné par l'écriture : Pour Anaïs. Lola était là, sous mes yeux, en encre et en mots. Je posai ma guitare et dépliai la lettre. Il y avait des ombres : Anaïs, mes

murs rouges et blancs, mes posters de Dire Straits et Nora Jones, mes djembés... J'en prenais une dernière fois conscience comme on prend une ultime goulée d'air. J'avais hâte de plonger. La feuille s'ouvrit à moi. C'était le moment : tout allait disparaître. Je m'enfermai dans les profondeurs et les secrets de Lola...

Anaïs,
Je me permets de t'écrire car je ne veux pas que Zadig soit malheureux à cause de moi. Je n'en vaux pas la peine... Du jour où tu es partie fâchée, lui a conservé sa douceur en perdant sa gaieté. Il m'a parlé de toi et de ta beauté, des ravages que tu faisais dans la cour de récréation et de ceux que tu avais faits dans ses rêves. Le temps que je t'ai aperçue m'a suffi à le comprendre : ta silhouette et ton visage ont de quoi impressionner. Et retirer à toutes les filles comme moi l'espoir même de rentrer en concurrence... Zadig a des trésors d'amour. Sa petite gueule d'ange en est le phare. Il te revient à toi, et à toi seule, d'en découvrir les côtes... Qui se ressemble s'assemble. Je vous souhaite beaucoup de bonheur et de baisers couchés collés...

Lola

Où était-elle ? A peine avais-je fini de lire le dernier mot que la question qui, toute la journée, avait dressé ses barreaux m'enfermait définitivement derrière elle : où était Lola ? Il fallait que je la trouve ! La réponse serait la seule façon de revoir la lumière et d'échapper à la folie...
Anaïs vint poser tout doucement ses doigts sur ma main. Je levai mes yeux sur elle. Elle me sourit... Tout d'elle avait les bras ouverts : il était l'heure à laquelle elle n'attendait plus qu'une visite. Une seule. La mienne. Sa journée était finie. Elle avait joué avec quelques garçons. Il fallait bien occuper le temps.
Mais à présent c'était réglé : elle était dans son canapé, couchée et fatiguée. Plus rien ni personne ne pourraient la faire lever. Sauf moi... Je n'avais qu'un mot à dire, qu'un geste à faire et sa bouche m'accueillerait pour me faire visiter ses plus intimes secrets... Alors ? Qu'est-ce que j'attendais ? Son regard, ourlé d'un trait noir et brillant, devenait particulièrement acidulé et insistant. Suppliant... Il fallait que je parle.

Je le fis :
– Tu peux me rappeler comment s'appelle la secrétaire du collège ?
Anaïs devint pâle, se leva, récupéra son sac, me cracha un nom et sortit en claquant la porte.

XXII

Le soleil était passé à l'heure d'été. Le jour m'offrait ses derniers feux pour éclairer mes recherches.

Soizic Le Mentec. Voilà le nom qu'il me fallait de toute urgence retrouver sur une des boîtes aux lettres du quartier des Iris. Elle était la dernière personne à avoir vu Rosette. Elle seule saurait répondre à mes questions. À cette heure, je n'en avais plus qu'une : où était Lola ? Il fallait que je la voie ! Mon corps entier me suppliait de la trouver. C'était brûlant ! Il fallait que ses yeux croisent les miens et que je chasse un à un les nuages qui devaient encore y grouiller. J'avais des fourmis plein l'émoi. Quelle folle ! *« Il m'a parlé de toi et de ta beauté... »* ? Je m'étais bien gardé de lui dire quoi que ce soit ! *« Des ravages que tu faisais dans la cour de récréation et de ceux que tu avais faits dans ses rêves... »* ? Pourquoi avait-elle inventé un amour qui n'avait tout simplement jamais existé ? Anaïs m'avait passé ses lèvres comme ses devoirs de maths : j'avais pris d'elle pour sauver ma moyenne de séducteur. Mais c'était tout... J'avais sorti l'équerre et planté mon compas, fait desronds avec ma langue et touché à des formes, mais l'amour restait une équation pleine d'inconnues. Aucune, même pas Anaïs, ne m'avait jamais livré la formule. Je la découvrais et en mesurais soudain la toute-puissance... Lola ! Quatre lettres ! Chacune avait remplacé les quatre points cardinaux de ma boussole. Lola ! Un mot ! Le seul que mes pensées tournaient et retournaient sitôt qu'il n'était plus à ma bouche...

M. et Mme Le Mentec. J'y étais ! Je sonnai. Un homme parut, me vit, sourit et appela aussitôt sa femme. Elle sortit et vint à moi :

– Bonjour Zadig...

J'étais surpris : étais-je à ce point connu dans mon collège que la secrétaire pouvait aussi rapidement m'identifier ?
– Bonjour...
Soizic Le Mentec était hilare :
– Tu en as mis du temps...
– Pourquoi vous me dites ça ?
– Tristan m'avait prévenue que tu passerais...
J'étais perdu...
– Tristan ?
– M. Rosette ! Il t'a réservé une enveloppe...
– Une enveloppe ?
– Que voici...
On me tendit un carré de papier savamment plié et figé par un simple point de scotch. Je le saisis, m'agitai, cherchai à comprendre et entendis :
– Ça va mieux ?
Mes yeux étaient ailleurs. Qui me parlait ? Et dans quel but ? On ricana :
– Pour un garçon bien malade, tu m'as l'air en pleine forme, toi, dis donc...
Je réagis en agitant l'enveloppe :
– C'est parce que j'ai enfin récupéré mon ordonnance...

Je m'éloignai déjà :
– Bonne soirée...
On me lança :
– Bonnes vacances...
Je précipitai mon pas et me retrouvai, quelques mètres plus bas, devant la maison de Rosette. Je ralentis et décachetai l'enveloppe d'un genre nouveau. Mon prof avait donc assez de fantaisie pour troubler le format postal par du travail manuel. Mieux ! Il avait assez d'insolence pour me narguer ouvertement. Le recto du message avait le toupet d'un pied de nez : *Énigme pour cancre amoureux. Il y avait un verso. J'y lus : Lola est dans cette jolie ville que les petits imbéciles considèrent être la capitale de la Roumanie, dans cette rue que ton manuel d'histoire célèbre page 144 à travers l'homme qui a combattu du Rhin au Danube et au numéro qu'en mai il est interdit d'interdire...*
Quel salopard ! Rosette avait une perfidie qui tout à la fois me stupéfiait, me rendait fou et m'enchantait ! Il m'offrait son adresse à résoudre... La difficulté ne m'effrayait pas. J'avais même déjà une partie de la réponse...

Le « petit imbécile », c'était moi ! Et je me rappelais bien que j'avais toujours pris plaisir à mettre La Baule-les-Pins en lieu et place de Bucarest...
Pour le reste, je n'avais plus qu'à retrouver au plus vite mon livre d'histoire. À peine fus-je chez moi que je retournai toutes mes étagères. Où avais-je bien pu foutre ce putain de manuel ? Mon étage résonnait du tapage que mes fouilles provoquaient et des jurons qu'elles m'inspiraient.
Ma mère intervint :
– Qu'est-ce que tu cherches ?
– Mon bouquin d'histoire...
Mon père se montra :
– Pardon ?
Je m'énervai :
– Oui... Un homme qui a combattu du Rhin au Danube, ça vous dit quelque chose ?
Mes parents se regardèrent, médusés : depuis quand avais-je des questions aussi scolaires ?
Ma mère s'amusa :
– On a le droit de passer un coup de fil à un ami ?
Je ronchonnai et persistai :

– Et mai ? Le mois de mai ? Ça ne vous ferait pas penser à quelque chose ?
Ma mère ne voyait pas. Mon père eut une lueur :
– Ah si !
Je m'enflammai :
– À quoi ?
– À l'anniversaire de mamie. Le 12...
Je m'énervai :
– Mais non ! Un mois de mai qui aurait fait date ! Un mois de mai où il aurait été « interdit d'interdire »...
Mes parents s'exclamèrent en chœur :
– 68...
– 68 ?
Mon père précisa :
– Oui ! En mai 1968... La France était debout, le poing levé après le pouvoir et avait des revendications plutôt poétiques, du type « Sous les pavés, la plage », « CRS, SS ! » et autres « Il est interdit d'interdire »...
Je m'enthousiasmai en joignant mes mains :
– Génials ! Vous êtes génials !
Ma mère me reprit :
– Géniaux !

Je la calmai :
– Que ça ne vous empêche pas de rester modestes...
– Mais ce n'est pas une affaire d'humilité, mon Zad', c'est...
Mon père, vautré sur la moquette, interrompit sa femme pour m'indiquer le livre qu'il venait à l'instant d'arracher au fatras empilé sous mon lit :
– Ce ne serait pas ça ?
– Quoi ?
– Ton bouquin d'histoire...
C'était bien lui. Je le saisis avec empressement et me calai aussitôt sur la page 144. Un encadré était tout spécialement consacré à un militaire : *maréchal de France, il commande la 1re armée qu'il mène de 1944 à 1945 de la Provence au Rhin et du Rhin au Danube.* Je le tenais. C'était lui ! Forcément lui ! Je n'avais plus qu'à repérer son nom... Mais rien ne l'indiquait ! J'avais beau lire et relire le passage, aucune ligne ne mentionnait l'identité du héros. Merde ! J'avais sous mes yeux la carrière d'un des gradés les plus fameux de ma nation et mon livre oubliait tout bonnement

de le nommer. Quel était ce manuel à la noix ? Comment voulait-on que nous, collégiens de France, nous instruisions quand tout était fait pour entretenir notre ignorance ? Mon père, compatissant, s'informa :
– Qu'est-ce qu'il y a ?
– Ces cons-là ont dit le superflu et ont carrément passé sous silence l'essentiel...
– L'essentiel ?
– Le nom du type !
– Quel type ?
– Lui, là...
Il y avait une photo. Je l'indiquai d'une pichenette agacée. Mon père eut ce petit sourire qui laissait son mépris s'en donner à cœur joie :
– Lattre de Tassigny...
– Quoi, Lattre de Tassigny ?
– C'est son nom. Tu vois bien : c'est écrit.
– Bah oui, je vois. Depuis le début, je le vois !
– Eh ben alors, pourquoi tu demandes ?
– Parce que Lattre de Tassigny, c'est un nom ?
– C'est même le sien !
– Et avec un nom pareil, il a pu rentrer dans l'histoire ?
Mon père s'agita autour du livre :

– Jean-Marie de Lattre de Tassigny... Regarde un peu ! Le maréchal de Lattre de Tassigny ! C'est même précisé qu'il a encore combattu en Indochine...
– Je me doute !
– Quoi, tu te doutes ?
– Bah oui ! Je me doute que si on en a fait un nom de rue, c'est que ce Lattre de Tassigny a dû faire autre chose dans sa vie que d'organiser des croisières du Rhin au Danube...
– Mais il n'organisait pas des croisières, il...
Voyant mon père perdre sa légendaire patience, ma mère comprit qu'il était temps d'intervenir :
– Et si on allait dîner ?
Je fus rieur :
– Excellente idée ! En plus, il faut que je vous parle… Vous connaissez la Baule-les-Pins ?
Ma mère répliqua sur un ton railleur :
– Ah oui, quand même...
– Vous croyez qu'il y a une gare ?
Descendant les escaliers pour rejoindre la table, j'entendis dans mon dos ma mère glousser et mon père prendre le ton d'un conférencier :
– Non ! Les gens y vont en pirogue là-bas... C'est très connu ! Encore faut-il que ce soit

la pleine saison… Parce que, d'octobre à mai, c'est très difficile d'y accéder. Ou alors, si, mais il faut être super copain avec un caïman qui accepte de te prendre sur son dos...

Ma décision était prise !

Je connaissais mes parents... Ils se moquaient, mais, sous peu, auraient dans les yeux une même tendresse. Je devrais lutter. Ils me proposeraient de m'escorter : La Baule-les-Pins, voilà une belle idée de promenade... Je refuserais. Catégoriquement ! La voiture resterait au garage et moi, je prendrais le train ! Comprendraient-ils la solitude dont mes sentiments avaient soudain besoin ?

Je leur dirais qu'à leur âge il n'est sans doute pas sage de s'exposer aux morsures de caïmans, qu'on peut même en mourir et que ce serait très très dommage, parce que j'espérais bien profiter d'eux encore très très longtemps…

XXIII

J'envoyai un SMS sur le portable de Rosette et le prévins de mon arrivée.
J'étais dans le train... Et le décor filait à grande vitesse ! La France n'était plus qu'un coup de vent. Et je rêvais d'éternité... D'une main qui s'accrocherait à la mienne et d'un bonheur qui descendrait sur le quai.
A 10 h 10, j'entrai en gare. A 10 h 20, j'étais face au plan de la ville. A onze heures pile, j'étais au 68, rue de Lattre de Tassigny. Je sonnai. Un tourbillon de questions portait mon sang à ébullition : je découvrais une agitation et une mollesse qui m'encombraient. Des pas descendirent un escalier. Une ombre parut dans

la vitre incrustée dans la porte. La serrure fit deux tours. Mon cœur s'emballa. La porte s'entrouvrit. Une voix seule se montra :
– Mot de passe ?
– Quoi, mot de passe ?
Rosette était là. Plus jovial que jamais, Monsieur histoire-géo avait décidé de jouer avec mes nerfs :
– Nom du pays où notre maréchal de France a combattu en fin de carrière ?
Surpris et légèrement agacé, je balbutiai :
– Du pays ?
– Oui...
Je réfléchis et proposai :
– Indochine...
La porte s'écarta complètement :
– Lola est sur la terrasse...
– Elle m'attend ?
– Elle finit son petit déjeuner...
– Elle se doute que je suis là ?
– Pas un instant...
Rosette avait dans les yeux une gaieté qui m'enchantait. L'homme avait l'air suffisamment heureux pour retirer de ma conscience toutes ces fois où, par ma faute, il ne l'avait pas

été. Je souris. Il se faisait une fête de la surprise qui s'annonçait. S'il en était le complice, il me revenait d'en être l'acteur... Un trac lourd, plein de salive épaisse et de mauvaises tensions, m'envahissait. Rosette me précéda dans l'escalier. Je le suivis. Il me montra la cuisine et la terrasse qui la prolongeait :
– Elle est là... Tu voudras un jus d'orange ?
– Non merci...
Je m'arrêtai. Mes pieds s'étaient mis sur la béquille. Plus question d'avancer... Rosette posa une main sur mon dos et chuchota à mon oreille :
– Elle est de très mauvaise humeur...
– Lola ?
Il ricana :
– A tout à l'heure...
Je m'angoissai :
– Vous allez où ?
– Faire mon marché...
Il me fit un clin d'œil, me tourna le dos et s'engagea dans l'escalier... S'engagea ? Précisément se dégagea, de tout, avec une insouciance que je me surpris à jalouser...
Je m'approchai et pris le temps d'apprécier

le paysage : Lola était assise sous un parasol. Elle buvait un reste de thé. Elle parcourait quelques fiches bristol. Sans doute était-elle allée très récemment chez le coiffeur. Ses cheveux, placés autour d'une mèche, avaient gagné en blondeur et pris des reflets dorés. Je souris : la demoiselle, loin des regards, avait perdu de sa rigueur et traînassait avec ses lunettes de froide intellectuelle sur le nez.
Je frissonnai. Intensément. C'était doux. Je ne savais dire si cette fille était belle. Ce que je comprenais, c'était qu'elle avait sur son visage une histoire, un relief et une lumière dont je ne pourrais jamais me lasser. J'avais toujours été baigné dans l'art : mon père et ma mère avaient placé la grâce au centre de tous mes goûts. Lola avait dans chaque geste et dans chaque frémissement une élégance à laquelle même mon éducation ne m'avait pas habitué.
Je m'avançai. Lola leva vaguement ses yeux sur moi. Elle les baissa, puis les redressa tout aussitôt pour les figer sur mon apparition. Elle retira aussitôt ses lunettes et bredouilla :
– Qu'est-ce que tu fous là ?

Je posai sur la table le seul paquet dont je m'étais chargé :
– Je viens te donner ta première leçon...
Lola, tout hébétée, attrapa l'emballage et, de ses doigts tremblants, l'ouvrit avec une infinie délicatesse. Elle découvrit l'objet : son tambourin était tendu à neuf. Elle caressa la peau lisse et bandée, doucement, voluptueusement, puis trouva la force de m'accorder son regard :
– Comment as-tu su que… ?
– Que je te trouverais ici ? J'ai passé une annonce…
– Une annonce ?
– Oui ! Recherche lycéenne, 1 mètre 64, 42 kilos, récemment et brillamment teinte en blond, yeux magnifiques, cils très longs, grande amatrice de tambourin, belle à craquer…
Lola mêla un sourire à sa moue. Elle était gênée. Et désolée… J'espérais les confettis et on dégoupillait les grenades. Lola dressait un mur contre ma joie. J'insistai :
– Toujours souriante, limite taquine…
– Arrête, Zadig…

Je me tus. Longtemps… Je sentis quelques battements sur mes tempes et entendis l'écho lointain des rues les plus proches. Je repris :
– Pourquoi, arrête ?
– Parce que...
Lola se troubla : ses lèvres s'agitèrent. Un spasme la secoua. Sa tête gigota frénétiquement. Elle voulut parler ; elle ne parvint qu'à dire :
– Je ne veux pas qu'on...
– Qu'on quoi ?
– Je croyais que j'avais été claire... Il faut t'en aller, Zadig. Tu es mignon, mais...
Une brûlure m'enflamma tout entier :
– Mais ?
– Il faut me laisser, Zadig ! Je suis là, je suis tranquille, j'ai besoin de paix... Je suis sous mon parasol, je révise, je suis bien... Tu comprends ?
– Non...
Lola leva des yeux hagards sur moi. J'avalai une boule de salive et persistai :
– Non, je ne comprends pas...
On me répondit sèchement :
– Eh bien, c'est dommage...

– Dommage, tu dis ?
L'œil de Lola laissa passer une larme. Je la vis, me concentrai sur elle et y puisai la force de continuer :
– Dommage ? Ah non ! C'est pas dommage, Lola ! C'est comique, si tu veux, mais pas dommage... Ah si ! Je te promets... Vu de ma place, c'est même carrément à mourir de rire ! Rends-toi compte : c'est l'histoire du garçon qui était tombé fou amoureux d'un phasme ! Nuit et jour, il y pensait ! C'était devenu son obsession ! Pourquoi ? Mais tout simplement parce qu'il en aimait la silhouette ! Et la fragilité… Il faut dire qu'il en avait vu des mouches tourner autour de lui ! Des belles mouches, avec de jolies tailles de guêpe, lui bourdonner autour... Tu parles ! Taillé comme une puce, il faisait un malheur chez les abeilles : ça les démangeait, les mignonnes, de se le mettre sous leur aile. Elles se prenaient pour des reines ! Sans elles, lui n'était plus rien ! Alors elles le gigotaient, leur derrière : ça frétillait sur son sillage. Seulement, lui, voilà, les reines, il s'en foutait ! Complètement... Les prix de beauté, il n'en avait jamais fait son miel ! Loin de là...

Toutes calibrées pareil ! Même tour de taille, même tour de seins, même tour de fesses... C'est tout en chiffres et juste bon à exciter les calculettes ! Les bons comptes font peut-être les bons amis, mais pas les belles amours ! Et lui ne rêvait que de beaux et de grands sentiments… Alors il avait espéré : il s'était dit que la puce pourrait charmer le phasme… Il avait même fini par s'en convaincre : il ne la quitterait plus. Jamais ! Un vrai pot de colle ! Il la protégerait des enfants qui s'amuseraient à lui arracher des pattes et à lui lancer des pierres. Ce serait facile ! D'un saut, il irait les secouer, ces petits cons, les secouer et leur mettre gentiment à l'oreille du venin de sa façon : les mains baladeuses n'auraient plus qu'à se gratter...

Je repris mon souffle et ma salive. J'enchaînai, plus doucement :

– Oh oui ! J'avais rêvé, Lola. J'avais rêvé que tous les deux, couchés collés, on échapperait à la connerie et à la norme ! Un phasme et un puceron... Imagine ! La vie n'aurait plus qu'à trembler : on allait lui puiser toute sa sève, Lola ! Tout son sucre et son sirop ! Et chaque gorgée allait te rendre encore plus belle ! Parce que tu l'es, belle, Lola ! Incroyablement ! Belle à en perdre la raison ! Alors, voilà, je suis fou, Lola ! Fou de toi et de tes sourires, de tes timidités et de tes rougeurs, de tes grands yeux et de tes fossettes... Alors, bien sûr, ce n'est plus des fesses que tu as, ce n'est plus des seins, ce n'est plus des jambes. C'est un trait. Une brindille ! Une flaque ! Un concept... Et alors ? Qu'est-ce qu'on s'en fout ! Tu es une page blanche, Lola. Une merveilleuse page blanche ! Il n'y a plus qu'à dessiner... Et tes feutres sont dans tes yeux ! Et tes pinceaux et ta palette y sont aussi ! Ta palette dans laquelle j'ai aperçu des couleurs que même les surréalistes n'auraient pas osé inventer. Et moi, je les ai vus, tous, tes outils et ta sensibilité ! Alors crois-moi que je suis fier, Lola ! Fier d'avoir pu, avant tout le monde, admirer la plus belle œuvre qu'aucun chevalet ait jamais portée !

Mes doigts tremblaient. L'émotion avait pris cette habitude de me secouer la main tout entière. Cela devenait insupportable. Et Lola ne disait rien… Elle était livide et défigurée par une douleur profonde. J'attendis un instant.

Parlerait-elle ? Elle en semblait tout simplement incapable. Je n'avais plus qu'à déguerpir. Et vite...
– Merci pour la visite, Lola. L'exposition était très belle. Et tant pis si elle n'était que le fruit de mon imagination...
Je tournai les talons et rentrai en cuisine.
Un mot. Je n'espérais qu'un mot. Lola le dirait et je reviendrais sur mes pas. Lola le dirait et je sauterais dans ses bras.
Lola ne dit rien et je dévalai l'escalier...
Atterré !

XXIV

Je déambulai dans la ville, les mains dans les poches et les yeux dans les brumes, apercevant à peine des façades blanches et des volets bleus. Je consultai mes horaires : je n'aurais un train qu'à 16 h 25. Je partis vers la plage, longue, au sable fin, déroulée devant des demeures toutes plus bourgeoises et imposantes les unes que les autres. Je m'assis, lourd, ignorant les premiers touristes de la saison. Mon portable sonna plusieurs fois. C'était Rosette, puis mes parents. Ce n'était pas Lola. Jamais. Je préférai déconnecter...
Je saisis mon MP3, poussai le volume et me calfeutrai dans la musique en me posant sous

un rayon. Le soleil commençait à être chaud et finissait de griller les quelques idées roses qui me restaient. Lorsque Murray Head voulut chanter, j'avançai au titre suivant. Un cerf-volant remua dans le ciel. Un enfant rieur en maniait les ficelles. On rit toujours quand on croit dominer...

Dès seize heures, je m'installai dans un wagon. Une revue féminine traînait sur un fauteuil. Je la pris et feuilletai : chaque page ajoutait une starlette supplémentaire au catalogue de sirènes. Fallait-il que je sois un grand malade pour les trouver toutes moins désirables les unes que les autres...

Le train partit. La Baule-les-Pins ne serait bientôt plus qu'un souvenir. On s'assit à mes côtés. Une jeune fille sortit un livre. Je souris : l'auteur était mon père... Pouvais-je lui dire ? Lola n'aurait sans doute pas aimé. Le joli phasme devait être tout particulièrement jaloux. Je devais me taire, même si la jeune fille avait l'œil vert et la frimousse dorée. Elle était jolie. Sentit-elle mon regard ? Elle me donna le sien. Elle me sourit et me demanda :

– Tu vas où ?

– A Douarnenez...
On me regarda avec une insistance qui finit par me gêner. J'ajoutai stupidement :
– Je vais descendre à Quimper...
– Tu voyages seul ?
Je remuai la tête malgré moi. Était-ce de la timidité ? Je découvrais mon corps : il agissait en narguant mes envies. Je murmurai :
– Non... Ma copine est dans le coin...
La jeune fille retourna dans son livre. Je voulus croire que c'était par dépit... Elle referma bientôt l'histoire. Elle ne semblait pas convaincue. Pauvre papa... Il fallait donc que toute sa vie, même quand on voulait donner le meilleur et l'émotion, on soit jugé et méprisé. Je ne serais jamais auteur... Sans doute y avait-il de la douleur à l'être que ma sensibilité de majorette ne pourrait supporter !
La voix d'un contrôleur, passant par des enceintes, fit une annonce à l'ensemble des voyageurs. Je redoutai le pire : moi qui, d'ordinaire, ne pensais qu'au soleil envisageais déjà quelques nuages. La voie était-elle encombrée ? Aurions-nous un tel retard qu'on allait nous servir des sandwichs ?

– Message personnel... Message personnel... Le phasme attend son puceron au bar de la voiture centrale... Je répète : le phasme attend son puceron au bar de la voiture centrale...
Je me redressai. Avais-je bien entendu ? Quelques passagers, d'abord interloqués, se mirent à ricaner : l'annonce ressemblait à une blague de potache. Sans doute les contrôleurs du train arrosaient-ils un événement particulier... Une vieille rombière se cabra : le personnel pouvait bien dérailler tant que le train, lui, continuait de filer droit...
Je me levai, incrédule et enivré. N'était-ce pas la voix de Rosette que j'avais entendue ? Ma jolie voisine m'interrogea des yeux. Je lui répondis :
– On m'appelle...
– On t'appelle ?
– Ouais ! « Le puceron », c'est moi...
– C'est vrai que tu en as le profil...
Je voulus m'éloigner. Je revins sur la mignonne :
– Au fait, ton livre... C'est mon père qui l'a écrit... Olivier Dullac... Tu vas voir : la fin est géniale...
Je fis un magnifique clin d'œil et courus vers la

voiture centrale, passant d'un wagon à l'autre, avec l'assurance et l'énergie d'un agent secret. Une poussée de fièvre accéléra mon pas. Mes mains commencèrent à trembler...
Quand j'arrivai devant le bar, deux hommes buvaient une bière. Deux hommes ! Rien de plus... Un tambourin était posé sur le comptoir. Je m'en approchai. Un sourire plein de couleurs vives avait été dessiné sur la peau. Je le retournai. Un petit papier était collé. Je le tirai et lus : Si tu reparles encore une fois à cette pétasse qui a le dernier roman de ton père dans son sac, je te tue ! Tu as compris ?
J'eus un tel sourire qu'un rideau de larmes vint perturber mes yeux. Une arme se planta dans mon dos. Une bouche vint sans ménagement me menacer dans l'oreille :
– Pas un geste...
Je frissonnai : la voix de Lola s'insinuait et résonnait dans tout mon être. Me chatouillant discrètement le tympan, elle me troublait dans mes reliefs les plus intimes.
– Et maintenant, répète après moi...
J'étais soumis :
– Oui, madame...

Lola articula avec la cruauté d'un tortionnaire :
– Je ne pensais pas un mot de ce que j'ai dit ce matin à Lola...
Je souris. Lola, bien que mal à l'aise, était décidément malicieuse. Et perverse... Je la défiai :
– Je pensais chaque mot que j'ai dit ce matin à Lola...
– Je regretterai toute ma vie d'avoir fait un stage d'observation dans le service de cardiologie de Douarnenez du 31 mars au 2 avril...
– Je n'oublierai jamais le stage d'observation que j'ai fait dans le service de cardiologie de Douarnenez du 31 mars au 2 avril...
– Je serai toujours plus attiré par la beauté d'Anaïs que par la graisse de Lola...
– Je serai toujours plus attiré par le charme singulier de Lola que par la beauté banale d'Anaïs...
– Je ne peux pas imaginer un seul instant de mettre mes lèvres sur celles de mon agresseur...
– Je ne peux pas imaginer un seul instant de mettre mes lèvres sur celles de mon agresseur...
Les doigts de Lola se tendirent et me piquèrent dans le dos. La menace était telle que je ne

pouvais plus résister. Je me tournai et me retrouvai face à deux grands yeux, ronds et tendres, discrètement maquillés, brillant de mille paillettes d'amour et affamés de caresses. Je la pris dans mes bras, la serrai fort, très fort contre moi, posai ma bouche contre la sienne et m'abandonnai au velouté de ses lèvres. Sa salive, chaude et douce, était étonnamment sucrée...

Un doigt frappa sur le comptoir. Lola et moi nous détachâmes. On entendit :

– Vos billets, s'il vous plaît...

Incroyable ! Suivi d'un contrôleur, Rosette avait emprunté la casquette du brave fonctionnaire pour mieux faire preuve d'autorité...

XXV

Les jours et les semaines qui suivirent furent un mélange insolite de révisions et de rires... Lola et moi avions repris le chemin du lycée et du collège. On avait fait ce pari que l'un comme l'autre aurions une mention à nos bac et brevet. Rosette en était convaincu ! Mes parents beaucoup moins...

Mes copains ne me reconnaissaient plus : sans rien perdre de ma fantaisie, j'avais gommé toute mon insolence. Je me taisais. Dès qu'un cours me semblait plus insipide qu'un autre, je flânais : Lola était de tous mes rêves et adoucissait toutes mes répliques. Un prof pouvait encore me reprendre : j'avouais mes étourderies sans les mettre sur le compte de son incompétence. J'avais compris qu'il était vain de casser la télé : il suffisait de la débrancher...

Alors je coupais le son, volontiers, pour mieux écouter mes souvenirs et mes projets. Rosette avait trouvé dans mes nouvelles vertus un vice particulier. Il m'interpellait désormais plus souvent qu'à mon tour...

Ce moment marqua particulièrement les esprits. On me chassa de mon nuage :

– Et Zadig, lui, le saurait-il ?

– Pardon ?

– Le nom de ce maréchal qui, avec Leclerc, a participé activement à la résistance de l'armée française ?

Je réagis :

– Pendant la seconde guerre mondiale ?

– Oui...

– Qui a combattu de la Provence au Rhin et du Rhin au Danube ?

– Précisément...

– Qui avait Jean-Marie pour prénom ?

– C'est ce que savent les plus érudits...

– De Lattre de Tassigny, peut-être ?

– Bravo, M. Dullac !
Ma classe entière était médusée. L'habituel premier de troisième B était rouge de confusion, Anaïs me refusait ses yeux et mes plus proches copains sifflaient en acclamant ma performance. Le cancre devenait progressivement un héros…
Rosette y prenait du galon !
C'était grâce à lui, et à lui seul, que j'avais fait de tels progrès ! Le collège devait en être persuadé : l'homme emmanché d'un long cou avait un sens pédagogique aussi rare qu'accompli. Et qu'on n'aille pas dire que, s'il était bon prof, il n'en restait pas moins un triste sire.
Ce bon barbu faisait encore preuve d'une incroyable ouverture : c'était lui qui, depuis peu, venait encadrer les répétitions des Chatounettes.
Il se racontait même que, pour parer au départ d'Anaïs, il se permettait parfois de se mettre au micro pour régler les passages où la musique avait besoin d'une voix.
Je roucoulais... Et finissais chaque journée avec le même sourire : je saluais les copains

et prenais le chemin du lycée. On n'en revenait pas : le nain se tapait une lycéenne... Alors, bien sûr, Saint-François-d'Assise ne se lassait pas de jacasser : Lola Rosette avait un amoureux...
Et quel amoureux ! Mignon, mais taillé comme une noisette !... Il fallait le voir, ce beau petit couple ! On aurait dit un plateau apéritif : le bretzel et la cacahuète...
Mais chut ! Chacun s'entendait pour ne rien dire : point n'était question, à Lola, de lui couper l'appétit. La pauvre avait assez payé : elle sortait d'un long séjour à l'hôpital. Même que certains étaient sûrs qu'elle avait fait un bref passage en psychiatrie...
Lola le percevait et ruminait, loin de tous ces apôtres de la messe basse, leurs sous-entendus et leurs regards en coin. Rosette, mes parents et moi faisions tout pour la détourner des causeurs et des miroirs. Ce qu'elle souffrait par les uns, elle le répétait et le grossissait par les autres. Ma mère le martelait :
– Tu sais, ma belle, le reflet est toujours déformé. Alors il vaut mieux savoir se mettre au-dessus...

Mon père se croyait malin d'ajouter :
– Ou en dessous ! Regarde notre Zad' : lui, au moins, il n'est pas embêté avec son image... Il n'atteint pas la glace !

XXVI

Lola passait un oral blanc d'anglais. Elle rentrerait plus tard. Rosette me proposait de le suivre jusque chez lui. Je l'accompagnai volontiers. Il me servit un jus d'orange et m'installa au salon. Il me sourit : Lola allait mieux… Il avait confiance. Le bac s'annonçait bien ! Peut-être fallait-il anticiper la fête…

– Quelle fête ?

– Qu'on pourrait faire au soir des résultats !

Je compris l'allusion mais, me réjouissant déjà, ne voulus pas précéder la question. Rosette me la posa :

– Tu crois que tes copains accepteraient de venir ?...

– Les Chatounettes ? Chez vous ?
– Oui ! Vous installeriez la batterie et votre sono dans la journée... Comme ça, au moment venu, vous pourriez nous faire un petit concert surprise...
– Où ?
– Dans le jardin...
Je réfléchis à voix haute :
– Et les voisins ?
– Les voisins ?
– Oui...
Rosette eut une moue ironique : voilà qu'à présent j'étais soucieux de la quiétude environnante...
Il m'accorda bientôt un sourire lumineux :
– Avant minuit, ils ne diront rien...
C'était émouvant ! Je n'en revenais pas ! Le sinistre enseignant rajeunissait à vue d'œil...
On sonna. Rosette se leva gaiement et reparut très vite, pâle et tendu, avec Hervé Grunchec. Cela faisait deux mois que je n'avais pas revu l'éminent personnage. Il me considéra et ricana :
– Comment va notre futur gynécologue ?
Je me levai, lui souris et lui serrai la main.

Rosette remua des maxillaires. Il proposa :
– Je te sers quelque chose ?
– Une bière, si tu as...
– Je n'ai que du jus d'orange...
– Alors rien, merci… La sobriété me rend malade...
Il s'assit et, sur un ton enjoué, s'informa :
– Alors ? Quelles nouvelles ?
Rosette resta debout :
– J'imagine que ton fils t'en a donné quelques-unes...
– Mais oui ! Et des meilleures... Paraît-il que Lola a repris quelques kilos...
– Précisément cinq...
– Quelle merveille !
Grunchec me regarda :
– On a beau dire, hein !... L'amour !...
Il jeta soudain ses yeux perçants et railleurs sur Rosette :
– J'imagine que cela vaut bien quelques remerciements... Non ?
– Des remerciements ?
– Bah oui ! Voilà une demoiselle que j'ai eue dans mon service, qui a été bichonnée tout particulièrement, dont mon personnel a subi les

caprices et les colères et, au final, rien. Silence radio. La belle anorexique joue la fille de l'air et le papa, lui, le bel indifférent... Je pensais que tu aurais pu, au moins, me passer un petit coup de téléphone...
– À toi ?
– Eh oui ! À moi... C'est que je me suis inquiété, moi, figure-toi.
– Inquiété ?
– Et pour cause ! On ne m'a signé aucune décharge. Aucun papier ! Or, à cette heure, je te signale que je suis et que je reste médicalement responsable de ta gosse...
Rosette était d'une pâleur singulière. Il marmonna entre ses dents :
– Comme c'est touchant...
– N'est-ce pas ? Mais tu me connais : je ne demande rien... Matthieu non plus...
– Matthieu ?
– Oui ! C'est qu'il a été chamboulé, au début, avec ces histoires. Il a vraiment cru que les problèmes de ta fille pouvaient devenir les siens. On ne va pas dire qu'il a raté son deuxième trimestre parce que ses résultats restent très honorables, mais quand même...

Quand on connaît son potentiel, on a la preuve par la note qu'il a été affecté…
– Affecté par quoi ?
– Par les menaces, tiens, pardi, fussent-elles tacites…
– Je n'ai jamais rien dit ni rien fait…
– Justement ! C'est ton silence qui l'a fait cogiter. Il a longtemps été sûr que tu méditais un mauvais coup... Alors voilà... Même s'il a toute l'apparence d'un adulte, tu connais mon Matthieu : ça reste un grand gamin... Il a besoin d'être rassuré.
– Rassuré ?
– Mais oui ! Il a besoin de l'entendre...
– D'entendre quoi ?
Hervé fit son plus beau sourire :
– Qu'aucun contentieux ne nuira jamais aux bonnes relations entre les Rosette et les Grunchec...
Tout du visage de Rosette se plissa. Un arc se bandait. Le carquois était plein. Une première flèche sortit :
– Aucun contentieux, tu dis ?
Rosette se cala sur ses deux jambes et prit visiblement sa respiration. Soudain, il

arma tout ce qu'il avait sur le cœur et tira :
– Écoute-moi bien, Hervé. Tu m'as toujours pourri la vie. Ton fils a pris le relais en s'attaquant à ma fille, alors, maintenant, c'est bon ! Ras-le-bol des Grunchec ! Le « héron » et le « squelette » vous saluent bien !
– Le « héron » ?
– Oui, bien sûr ! Fais l'amnésique... Le « héron au long cou » ! Tu sais, celui qui, du collège au lycée, a fait tes devoirs et a été ton bouc émissaire. Dès que tu avais un problème, j'étais ta solution ! Vicieux comme un renard que tu étais ! Toi, tu rentrais la tête et moi, je prenais les coups... C'était facile après, pour toi, d'aller faire le paon ! Monsieur avait sa cour... Monsieur faisait tellement bien la roue ! Et pour cause ! Pendant ce temps-là, c'était à moi qu'on volait dans les plumes. « Comment ? On a pissé et sauté sur la voiture du pion ? Ah non, monsieur, cela ne peut pas être moi. Moi, j'étais avec le professeur de musique. Alors non... Demandez plutôt à Rosette. Lui, il doit savoir, parce que, lui, je sais qu'il y gare son vélo, justement, sur le parking... » Et mes parents remboursaient

la carrosserie ! Ils n'avaient pas un sou, mais ce n'était pas le problème : ils remboursaient quand même ! Et moi, comme un con, je revenais le mercredi ! Je n'avais jamais eu de vélo, mais ce n'était pas grave : je revenais quand même. A pied ! Jusqu'au lycée, tu m'as fait marcher, mon salaud ! Et pendant ce temps-là, toi tu avais tout ton temps pour courir, les plus belles et les autres ! Toutes, il te les fallait ! Toutes ! Exactement comme ton fils...

– Ne touche pas à Matthieu...

– Ah oui ? Parce que lui, il se gêne peut-être pour toucher à ma fille ? Il se gêne peut-être quand il la traîne dans la boue et la traite comme une catin ? Alors écoute-moi bien, Grunchec ! Je suis un raté et un lâche, c'est entendu ! Je suis un petit professeur d'histoire-géo et toi, un éminent cardiologue, c'est d'accord ! Mais n'en profite tout de même pas trop, petite enflure, parce que je pourrais...

– Tu pourrais ?

Rosette était rouge. Il postillonnait :

– Parler, Monsieur l'important ! Oui, parfaitement ! Parler ! De Dorothée par exemple...

– De Dorothée ?
– Oui, tu sais, Dorothée, celle que tu as fait tellement marcher et qui, fatiguée, a fini par tomber dans mes bras...
Grunchec persifla :
– Par tomber ? D'épuisement ?
– D'épuisement ! Voilà ! C'est exactement ça... D'épuisement ! Parce que jusqu'au bout, tu l'as fait marcher, celle-ci... Hein, Grunchec ? Marcher ! Et pas seulement...
On se gaussa :
– Tu me flattes...
– Non, je t'inquiète. Tu as peur, Grunchec. Avoue-le...
– Peur ?
– Que je te balance la vérité ! Tu sais, celle que j'ai toujours sue et que par respect, pour toi, pour ta femme et pour ton fils, j'ai toujours préféré garder...
– La vérité ?
– Allez... Avoue-le, Grunchec, que tu es mort de trouille...
On ricana encore :
– Quelle vérité ?
– Que tu couchais avec Dorothée, Grunchec,

même et encore après ton mariage…
Rosette reprit son souffle et enchaîna :
– Que tu couchais avec Dorothée, même et encore après l'installation de celle-ci dans cette maison... Avoue-le, Grunchec !
Cette fois, on resta muet. J'étais gêné. Rosette sentit son pouvoir. C'était le moment ! Depuis le temps qu'il attendait cette seconde, elle s'offrait enfin à lui. Il respira, profondément, et mâchonna chaque mot avant de les cracher :
– Rappelle-toi, Grunchec ! J'étais à Angers à l'époque. Je préparais mon concours... Je ne rentrais que le week-end ! C'était facile pour toi. Dorothée était seule. Lola n'était pas encore née... Ta femme était très amoureuse, oui, et alors ? Ce n'était tout de même pas ça qui allait te retenir. Au reste, tu étais un ami. Mon ami... Il fallait bien que tu rendes service. Alors tu venais... Tu venais tondre la pelouse et changer la bouteille de gaz ; tu prenais l'apéritif et tu repartais... Pas vrai, Grunchec ? Seulement, ça méritait bien quelques menues compensations... Parce que tu es comme ton fils, toi, Grunchec : tu n'apprécies pas le bénévolat. Tu veux bien

donner, mais, en échange, il te faut quelques « gâteries »...
Rosette prit tout son temps pour décocher :
– Il y a eu plus, Grunchec...
La voix se troubla :
– Plus ?
– Dorothée me l'a appris quelques mois plus tard. Courageusement. Devine quand, Grunchec...
Rosette laissa passer un long silence. Il entonna d'une voix caverneuse et froide :
– A la naissance de Lola, Grunchec.
Le grand ponte pâlit. Sa respiration, jusqu'alors contrariée, était désormais un râle léger et saccadé. Rosette, plus assuré que jamais, proféra :
– Dorothée avait fait ses calculs... Ce petit bout d'humain ne pouvait pas être le mien. C'était trop fort. C'était trop dur. Elle préférait l'avouer : cette petite fille était la tienne, Hervé Grunchec...
On entendit un souffle :
– Quoi ?
– La tienne ! Seulement, il était trop tard. Lola était là, magnifique, avec ses grands yeux,

pleurant à peine. Je l'avais trop voulue. Je l'avais trop rêvée ! Cette petite fille était trop belle. Je n'ai pas eu le cœur de la refuser. Au contraire ! De ce jour, je me suis même fait cette promesse : Lola, cette petite boule d'amour et de chair, cette petite fille, d'emblée si fragile et si touchante, serait toujours la mienne...

Rosette haussa la voix :

– Tu m'entends, Hervé Grunchec ? La mienne ! Toujours ! Ma plus belle raison de vivre... Alors, écoute-moi bien, maintenant ! Tu vas rentrer chez toi et te débrouiller avec ta conscience. Tu vas faire l'amour à ta femme et des chatouilles à tes infirmières... Tu vas même faire l'inverse, si ça t'amuse, je m'en fous ! Mais un conseil : ne t'avise jamais de dévoiler quoi que ce soit à Lola. Tu m'entends, Grunchec ? Jamais ! Par contre...

Comme Rosette reprenait une nouvelle fois sa respiration, Hervé Grunchec, plus pâle qu'un mort, vint aux informations :

– Par contre ?

– Par contre tu vas me faire le plaisir de tout balancer à ton fils... Tout ! Tu m'entends

bien, Grunchec ? J'ai dit : tout ! Parce que si tu ne le fais pas, c'est moi qui m'en chargerai. Et sans mettre les formes... Devant un flic, même, s'il le faut ! Parce que je veux qu'il comprenne, ce petit con ! Je veux qu'il comprenne que, même si on a l'excuse de l'âge, on n'a pas le droit de pourrir la vie des gens comme ça...
Un spasme soudain devint un cri :
– Pas le droit !
Rosette était allé au bout de ses forces et de sa mémoire. Il para au plus pressé : il s'assit sur le rebord de la table à manger. Il n'en pouvait plus. Encore un mot ou un geste, et il s'effondrerait. Grunchec leva ses yeux sur moi. Mollement. Gravement... Me voyait-il ? Je ne le crus pas. Il se leva et, à la façon d'un fantôme, disparut tout doucement de la pièce, sans se retourner...
Le silence était lourd. La rue et les goélands s'étaient tus. Complètement... J'étais impressionné, autant par la nouvelle que par le courage qu'avait eu Rosette pour l'assumer. Et la balancer...
J'étais perdu. Pouvais-je parler ? Rosette

n'existait plus. Il sombrait. Quels premiers mots de secours avais-je à lui offrir ? Je me permis :

– Et vous avez vécu avec ça depuis tout ce temps ?

Rosette releva péniblement la tête :

– Ça, quoi ?

– Ce secret...

Une lueur soudaine et étonnante égaya son visage. Bientôt, il me sourit :

– Quel secret ?

– Eh ben... Pour Lola... Depuis sa naissance, vous le saviez et... ?

Rosette, fier de lui, s'enflamma :

– Depuis sa naissance ? Non...

Son regard se cala dans le mien :

– Il n'y a même pas dix minutes que je connais cette histoire...

Un rideau d'étoiles vint couvrir mes yeux :

– Quoi ? Vous avez inventé le... ?

Rosette fit une moue magnifiquement penaude :

– Qu'est-ce que tu veux ?

Il lâcha dans un soupir théâtral :

– Ce doit être à force de te fréquenter...

Il se dressa d'un bond, apprécia ma gaieté, se

mit sur ses jambes et vint vers moi, rieur et tourmenté :
– Il y a quand même quelque chose qui m'ennuie dans tout ça...
– Quoi ?
– C'est que le Grunchec n'avait vraiment pas l'air surpris par mon histoire...
Son air goguenard m'en donna l'autorisation : je partis d'un grand rire, tendre et compatissant, mais surtout plus complice que jamais. Il le partagea en me demandant :
– Et si on buvait une petite bière ?
– Vous n'en avez pas !
– Tu rigoles ou quoi ? Pelforth ou Heineken ?

XXVII

Le grand jour était arrivé ! L'épreuve de mathématiques allait officiellement commencer. Pour l'élève de terminale S, l'événement avait l'importance qu'a la finale des Jeux olympiques pour l'athlète de haut niveau. Des heures de travail n'étaient plus qu'à quelques secondes d'être récompensées.

Lola était tendue. Je la rassurai et la massai généreusement à la façon d'un préparateur physique. Les lycéens s'entassaient dans le centre d'examen. Tout le monde était là, plus ou moins prêt, la tête soudain vide et la poche pleine de sa convocation et d'un papier d'identité. Anaïs parut et se précipita sur moi :

– Tu as vu Matthieu ?
– Non...
– Il n’est toujours pas là...
– Appelle-le...
– Son portable est éteint...

Anaïs était aux anges : elle avait trouvé dans son nouvel amoureux le moyen d’écouler ses stocks d’attentions et de tendresses toutes maternelles. Le garçon n’allait pas bien : il n’avait à ses yeux jamais été aussi séduisant. Elle l’avait approché, doucement, l’épaule bien en avant et la main prête à câliner ses cheveux. Lui était en pleine tempête : il s’était volontiers échoué sur ce corps émouvant.

Depuis, elle l’assistait, partout, lui remontant les manches quand son moral baissait les bras... Il s’était absenté. Quelques-uns de ses amis avaient redouté le pire : Matthieu avait un instant envisagé, sans rire, de renoncer au baccalauréat... Un traitement antidépresseur avait, à la veille même de la première épreuve, réussi l’impossible : neutraliser les remords et mobiliser une philosophie de vainqueur...

Lola, sans manifester aucun plaisir sournois, voulait croire à la mauvaise conscience :

Matthieu payait les mots que lui et ses copains lui avaient régulièrement cassés sur ses oreilles et son intelligence. Le vilain canard triomphait des méchants paons… Mais la victoire restait modeste : Lola était une maigre silhouette, perdue dans la masse lycéenne, rongeant ses ongles et craignant le pire… Elle ne savait plus ! Elle m'interrogeait, me parlant de vecteurs et de translations. Je la rassurais : de toute façon, elle aurait le droit à sa calculette… Elle m'engueulait ! Sèchement !
– Je ne vois pas le rapport…
Je riais. Lola était furieuse : ce n'était vraiment, mais alors vraiment pas drôle…
Un murmure salua l'arrivée d'un zombie. Matthieu entrait dans le hall, pâle et amaigri. Anaïs se jeta sur lui et enchaîna son bras autour du sien. Elle voulut le guider. Lui avait un itinéraire très précis à l'esprit. Elle tenta de le retenir. Il fila sur Lola. Ma belle aussitôt blêmit... Je lui pris la main. J'étais là. Il ne pouvait rien lui arriver. D'ailleurs, Matthieu avait baissé les armes. Et les yeux... Il était une brindille. Le bretzel et la cacahuète n'en feraient qu'une bouchée ! Il fit glisser un

résidu de mauvaise salive. Il leva doucement les paupières. Il regarda Lola, aussi intensément qu'il le put. Il chercha des mots. Sans doute les avait-il ruminés, répétés, toute la nuit et, ce matin encore, au cours de ce petit déjeuner qu'il avait, malgré les encouragements de son père, été incapable d'avaler... Anaïs se serra contre lui. Il se détacha, sans méchanceté, mais décidé. Il le fallait. Son regard exprimait toute sa motivation. Il devait parler...

– Voilà... C'est tout simple...

Lola frissonnait sourdement. L'écho d'anciennes souffrances continuait de résonner dans sa chair. Je serrai, fort, très fort, ma paume contre la sienne. Matthieu s'obstina :

– Les excuses, je crois que ça ne sert à rien. Les excuses, c'est le passé et moi, je pense à ton avenir. Tout le temps… Alors voilà, je n'ai rien à te dire... Ou plutôt si. Juste ça : bonne chance... Tout simplement. Mais, pour une fois, je le pense... Vraiment !

Lola frémit. Un sanglot remua sa voix. Elle rassembla ses forces et réussit à sourire :

– Il ne faut pas dire « vraiment »... C'est les menteurs qui disent « vraiment »...

Matthieu eut un rictus, tout petit, presque mutin. Il se reprit :
– Alors... Bonne chance... De tout mon cœur...
Des larmes étaient à l'horizon... Lola retint les siennes pour murmurer :
– Merci...
J'étais sûr qu'elle pensa : « A toi aussi... »
Je sentis sa main trembler. Cette fille était ma sœur. Ma jumelle de cœur et d'émotion ! Je n'avais jamais été aussi fier et heureux d'être vivant...

XXVIII

Sans être tranquille, Lola était au moins soulagée. Elle avait enchaîné et terminé chaque épreuve, avec une inquiétude toujours aussi vive et une insatisfaction toujours aussi marquée. Elle en était sûre : elle avait tout raté. Son père avait un large sourire : il avait retrouvé sa fille, dans toute sa mauvaise foi et sa mauvaise humeur !
Était venu mon tour d'affronter la feuille blanche, celle qu'on rend anonyme, frénétiquement, avec des cases à remplir et d'autres à ignorer.
Mai 68... Le sujet d'histoire était posé !
Autour de moi, les candidats gonflaient les

joues. Les miennes devaient rosir. C'était un signe... Le destin me souriait. Mai 68 ! Je connaissais l'événement, sur le bout des ongles et des jolis souvenirs. Un chapelet de documents était à lire et à analyser. J'y puisai l'essentiel en ajoutant ma science. J'égrenai les slogans : « Il est interdit d'interdire », « CRS, SS ! » et autres « Sous les pavés, la plage »... Une question portait sur la bonne éducation qu'il fallait en tirer ! Je fus sec et définitif : *Le bon pédagogue ne gave pas ; il donne juste envie de manger...*

Au contraire de Lola, j'étais convaincu de mon succès ! Aussi n'avais-je à l'esprit et à la bouche que les résultats du bac. Ils étaient annoncés... Les portables n'arrêtaient plus de sonner. Futurs lauréats et futurs déçus s'appelaient et échangeaient des SMS. Des fausses rumeurs jouaient avec les nerfs des uns et l'Internet des autres. Tout serait bientôt en ligne...

À dix-huit heures, l'ordinateur avait officiellement l'information. Il n'y avait plus qu'à regarder... Lola voulut sortir. Je la retins d'un bras. Elle força son père et mes parents à quitter la pièce. Je les invitai à passer au jardin. C'était promis ! Sitôt qu'on aurait le résultat, on les rejoindrait. Lola m'attrapa la main. Elle m'obligea à la regarder. Elle me prit dans ses bras. Je la serrai dans les miens. Son haleine chercha mon oreille. Elle la trouva :

– Je le vis mal, tu sais...

– Quoi ?

– J'ai repris du poids...

– Mais non !

– Ne dis pas non : je le sens ! Je sens ma graisse autour de mes cuisses...

Lola remuait. Une de ses mains avait quitté mon dos. Elle frémissait. Quel nouveau trouble la perturbait et modifiait jusqu'à sa voix ? Je la rassurai :

– Tu es magnifique, Lola. Je te jure ! Tu as un petit corps de rêve... Laetitia Casta, c'est Mamie Nova à côté de toi...

– Arrête ! Tu n'es pas honnête... Alors promets-moi...

– Quoi ?

Elle hésitait, balbutiait, manigançait, m'embobinait...

– Promets-moi de...
– De quoi, Lola ?
Sa voix s'accéléra. Abattue un instant, longuement tapie dans l'angoisse, elle ouvrit soudain ses ailes et s'envola dans les aigus. Lola roucoula et, se détachant de moi pour mieux me regarder droit dans les yeux, elle fit entendre une joie et une fantaisie de plus en plus sonores :
– Promets-moi, ce soir, de m'engueuler chaque fois que je refuserai un verre de champagne !
Elle hurla :
– Je l'ai !
– Quoi ?
Je me tournai : cette fourbe avait, dans mon dos, fait glisser les résultats sur son nom. Elle avait pu observer, discrètement, et désormais savait...
Je lus. Je relus. Je voulus en être sûr. Mais non ! Je ne rêvais pas ! Je criai à mon tour :
– Mention bien, Lola ! Tu as vu ça ? Mention bien !
Lola poussa des glapissements de pom-pom girl et se jeta dans mes bras, si amoureusement, si spontanément, si frénétiquement

qu'elle m'entraîna sur le sol. J'étouffai :
– La vache ! C'est vrai que tu fais ton poids, toi, maintenant...
Elle me serrait, m'embrassait et retournait, aussi souvent que sa langue lui en laissait le loisir, vers mon oreille pour murmurer :
– C'est grâce à toi, gueule d'ange. Grâce à toi, mon bel amour...
On se figea. Nos deux corps, couchés collés, avaient des humidités et des rêves en commun, mais la raison nous arrêta. Avait-on entendu le même chuchotement ? Nos yeux se confirmèrent l'information. On se leva silencieusement, avança avec la légèreté d'un chat et approcha la porte. Je montrai ma main et laissai mes doigts compter jusqu'à trois. Lola saisit la clenche et ouvrit brusquement quand mon majeur fut enfin déplié ! Trois oreilles restèrent bouche bée...
Lola prit la pose :
– Alors, comme ça, on écoute aux portes ?
Rosette et mes parents furent bien obligés d'avouer. Ma mère voulut savoir :
– Alors ?
Lola ne daigna pas d'abord parler.

Elle minauda et fit sa fière ! Je n'y tins plus. Je coupai sa représentation pour lancer :

– Mention bien, les gars ! Mention bien...

Mes parents exultèrent. Lola, faisant sa moue gélatineuse et satisfaite, devint toute rouge. Rosette, lui, ne bougea pas. Du tout... Il pâlit, sembla tanguer sur ses deux pieds, grimaça malgré lui, se tendit et trouva bientôt, quand l'espace de tendresse et de félicitations se libéra autour de sa fille, la force et l'audace d'approcher. D'un pas... Il en fit un deuxième. Lola comprit et l'aida : elle avança aussi. Rosette eut un sourire, fébrile et frissonnant. Il ouvrit discrètement les bras et, pour la première fois de sa vie, y fit entrer sa fille, longtemps, en resserrant de plus en plus l'étreinte. Les deux corps, chaudement et intensément serrés l'un contre l'autre, eurent un même soubresaut. Le père et la fille découvraient leur chair et leur parfum. Lui monta quelques doigts sur les cheveux de Lola et elle qui, depuis toujours, s'obligeait à contrôler son corps et ses émotions abandonna toute son intelligence au bonheur d'être tout bêtement heureuse, caressée et aimée...

Je me déplaçai jusqu'à me caler dans les bras de mon père. Ma mère me regarda... Elle comprenait : son fils était amoureux. Il lui appartenait de moins en moins. Elle passa rapidement sa main tendre et espiègle dans mes cheveux. J'eus le sentiment qu'un nœud rouge venait d'être arraché...
On sortit. Rosette et Lola avaient besoin d'une paix que la vie trop longtemps leur avait disputée...
On installa des tables et sortit toutes les chaises. J'appelai quelques amis.
Les Chatounettes furent bientôt au complet. Je leur demandai la plus absolue des discrétions : Lola ne devait se douter de rien. Mes musiciens me jurèrent, avec un drôle de sourire en coin, que je serais content d'eux...
D'autres invités arrivèrent pour se joindre à la fête.
Lola et Rosette, revenus parmi nous, épanouis et complices, accueillaient chacun avec un bonheur de vivre de plus en plus spectaculaire et de plus en plus débridé. On déboucha les premières bouteilles de champagne. On acclama Lola ! Rosette n'était plus le même

homme : il animait les cris et déclenchait les applaudissements.
Lola, radieuse, sembla soudain se tendre. Je m'inquiétai :
– Qu'est-ce qu'il y a ?
Elle m'indiqua d'un signe de tête une présence incongrue : Anaïs était à la grille. Elle me guettait. Dès qu'elle put croiser mon regard, elle me réserva quelques gestes. Je voulus les ignorer. Lola sourit :
– Vas-y... Va voir ce qu'elle veut...
– Mais non...
– Si !
– Mais...
– Vas-y, je te dis !
Je mis cet empressement suspect sur le compte d'un bonheur fou : il fallait que j'approche de toute urgence celle qui, depuis des semaines, exacerbait la plus féroce et la plus tourmentée des jalousies...
Je m'y résolus, bien décidé à abréger la rencontre : la guitare m'attendait. Rosette m'avait prévenu : le concert des Chatounettes ne devrait plus tarder à démarrer...
– Qu'est-ce qu'il y a ?

Anaïs me fit un sourire à la fois séducteur et gêné :
– Matthieu est dans le coin et...
Je la coupai sèchement :
– Il ne fête pas son bac ?
– Non...
– Quoi, non ? Il ne l'a pas eu ?
– Il est admis à l'oral...
Je ne pus m'empêcher d'éprouver un mélange de satisfaction et de compassion. Cette contre-performance était la preuve éclatante d'une sensibilité... Par quelle folie et pour quel orgueil Matthieu avait-il bien pu rendre celle-ci aussi blessante ?
Anaïs était étrange. Elle cherchait des mots et paraissait sourire de ne pas les trouver. Son regard était faux. Je le remarquai sans vouloir le sonder. Je préférai demander :
– Et son père ?
– Quoi, son père ?
– Hervé ? Il réagit comment ?
– Il est avec lui...
– Avec Matthieu ?
– Oui... A ses côtés...
Anaïs était décidément bizarre et confuse.

Que cherchait-elle à dire ? Elle baissa le visage et, tortillant ses doigts, s'appliqua à faire sa mijaurée. Je demandai froidement :
– Ils sont là ?
– Qui ?
Je m'énervai :
– Les Grunchec ! Allez, vas-y... Accouche ! Ils sont là et ils sont paumés ?... Ils rêvent de féliciter Lola, mais ils ne savent plus comment faire ?... C'est ça ?
Matthieu et Hervé se montrèrent. Le premier prit la main d'Anaïs tandis que le second osa avouer :
– C'est exactement ça...
Mon ventre se noua. Comment pouvaient-ils, ces deux-là, être réunis devant une telle maison ? On me salua. Mon visage se durcit. Matthieu, mal à l'aise, prit la parole :
– J'avais bien pensé un instant arriver avec une peluche, mais...
Ma mâchoire se crispa un peu plus. Hervé comprit que l'humour n'était pas de circonstance... Surtout celui-là !
– En fait, j'ai appelé Rosette...
– Quand ?

– Il a eu la gentillesse de me répondre. Et de me parler...
Hervé sourit pour ajouter :
– C'est vraiment un chic type...
Je me moquai doucement :
– Vraiment ?...
– Il m'a dit qu'il y avait peut-être un service – un dernier – qu'on pouvait lui rendre...
Je me troublai :
– A lui ?
– A lui et à Lola... Au père et à sa fille…
– Ah oui ?
– Oui... Et que Matthieu et moi serions parfaits dans la situation…
– Quelle situation ?
– Il lui fallait deux enquiquineurs !
Deux « beaux parleurs » m’a-t-il dit...
Capables d’embobiner et d’accaparer toute l’attention...
– Quelle attention ?
– La tienne ! En te donnant notamment un message très personnalisé...
Hervé Grunchec fit un geste à destination d’Anaïs. Celle-ci fouilla une des poches de son sac et me tendit une carte postale.

Une vue de La Baule-les-Pins... J'étais perdu. Ma main aussitôt s'agita. Je réfléchis. Je réfléchis tellement que je ne compris rien... Je marmonnai bêtement :
– C'est quoi ?
Matthieu intervint, d'une voix chaleureuse et tendre :
– Courrier personnel…
Hervé ajouta :
– Maintenant, je crois qu'on t'attend...
– Où ?
Les Grunchec me regardèrent avec des prunelles vives, égayées d'un même bleu, d'un bleu mêlé autant de mélancolie que de soulagement. Reprenant Anaïs auprès d'eux, ils me dirent :
– Bonne soirée...
J'étais ivre. Ivre de champagne, d'émotion et de perplexité... Cette carte qu'on me laissait dans la main, ce mystère qu'on entretenait délibérément, cette visite aussi inopinée que singulière... Tout n'était que prétexte à questions. Me voyant interdit, Anaïs réveilla en elle sa fibre maternelle : elle me fit un rapide signe de la tête. Qu'avait-elle voulu dire ? Le trio

disparaissait déjà. Je crus comprendre enfin : il fallait que je me retourne...

A peine eus-je pivoté sur moi-même que la musique démarra : le bassiste et le batteur des Chatounettes étaient à leur place. Ces escrocs, ignorant mon absence, commençaient déjà l'intro alors même qu'il était convenu que j'en assumerais seul les premiers accords...

L'estrade, que j'avais bricolée pour l'occasion avec mes parents, accueillait les chanteurs. Mon ventre se noua... Rosette et Lola se mirent devant le micro. Tout le public d'invités se tourna vers moi. Ma main n'avait jamais autant tremblé... Ma nuque était incroyablement crispée.

Je hochai la tête malgré moi. Je voyais ma mère et mon père qui se tenaient mutuellement par l'épaule. Je voyais Lola qui gigotait notre tambourin et Rosette qui s'était approprié ma guitare. Je voyais le père et la fille qui se regardaient, furtivement et intensément. Je voyais La Baule-les-Pins qui s'agitait entre mes doigts. Je retournai la photo et vis des lettres qui avaient été écrites et des mots qui, soudain, faisaient des phrases :

Cette carte, je l'ai achetée à la gare...
Souvenir d'un moment rare...
Souvenir de cet instant précis où, juste avant de te retrouver dans le train, mon père et moi avons conclu ce pacte : faire de toi, désormais, notre souffre-bonheur... Lola...
Je voyais des larmes qui plongeaient le texte dans la bruine. Je voyais et, surtout, j'entendais...
La plus désastreuse et la plus bouleversante version de *Say it ain't so* que les Chatounettes n'avaient jamais donnée...

COLLECTION
lignes de vie

Il y a la vie,
Celle dont on rêve,
Celle qu'on subit,
Celle qu'on façonne,
Celle dont on s'arrange.
Une vie, une seule.
Alors on s'imagine d'autres vies,
Juste pour vivre.

Il rêvait de faire le cirque

Christophe Renault

Un professeur de latin brandit son arme
en plein cours et prend ses élèves en otage.
Lors de cette ultime leçon,
il révèle ses élèves à eux-mêmes.

Prix Roman Ados Vallée de Seine

ISBN : 978-2-84949-072-3 • 6 €

Le cœur plus gros que le ventre

Christophe Renault

Marilou traîne ses quinze ans,
son mal de vivre et ses kilos de trop.
Et puis un jour, elle décide de devenir
elle-même, une fille hors gabarit
avec un cœur gros comme ça.

Nominé Prix Roman Ados Ville de Rennes
Prix Jeunesse Yvetot

ISBN : 978-2-84949-006 • 9,90 €

Rock de Lou

Catherine Leblanc

Il n'est pas facile de se retrouver seule,
surtout quand on arrive dans une ville
nouvelle, mais Lou est si pleine de vie
que personne ne lui résiste longtemps.
Morgane devient son amie. Elles partagent leurs
rêves, leurs émotions,et la passion du rock.
Leur amitié semble partie pour durer toujours...
mais Lou tombe malade, gravement malade.

ISBN : 978-2-84949-071-6 • 6 €

Les dents du bonheur

Dorothée Piatek

Sept ans avant de m'annoncer que j'étais un enfant adopté, ça laisse du temps pour mettre au point un beau discours à l'attention du fils tant désiré qu'on a pris pour un con.
Ils m'ont balancé ça le jour dee mon anniversaire, entre le gâteau et les cadeaux. Le jour de mes sept ans, parce que ma mère avait dû lire dans un de ses bouquins que c'était l'âge de raison.

ISBN : 978-2-84949-128-7 • 7 €

La camionnette blanche

Sophie Knapp

Elle en rêvait depuis des mois. Avec la rentrée en 6e, ça y est : Clémentine rentre seule du collège.
Mais un lundi, vers dix-sept heures, elle croise dans une rue tranquille une camionnette blanche garée le long du trottoir.
A l'intérieur, un homme l'appelle et lui montre quelque chose qu'elle n'oubliera jamais.
Clémentine ne comprend pas ce qui lui arrive, elle s'enfuit, elle rentre chez elle et s'effondre en larmes.

ISBN : 978-2-84949-151-5 • 7,50 €

Rendez-vous
sur notre **SITE**

www.petitapetit.fr

pour parler
de ce roman
sur le **FORUM**

Achevé d'imprimer en Décembre 2008 chez MAME
Dépôt légal : Mars 2009 • ISBN : 978-2-84949-157-7